DAS OPFER

ZUM AUTOR

VIKTOR KAMERER, geboren 1976, absolvierte kaufmännische Schulen bis zum Mittleren Management und arbeitete in einem Großhandel, bis er sich dem Schreiben widmete. Seit 2017 veröffentlicht er Gesellschafts- und Mysteryromane, alles beim Twentysix Verlag.

ZUM BUCH

Der Agent Jonathan Ammer hat einen Auftrag. Denn es werden Schreie aus einer Kirche gemeldet. Drei Mönche betreiben einen Kult um junge Frauen. Dabei singt die Gemeinde fatale Lieder. Jonathan stößt auf einen Sarg. Darin liegt eine Leiche und hat Striemen am Körper. Ist sie vor Schmerzen gestorben? Er sieht Dämonen in den Menschen dort und wehrt sich. Doch das setzt seiner Psyche zu. Und so ruft er Verstärkung, um den Fall zu lösen.

VIKTOR KAMERER
DAS OPFER

ROMAN

Bibliografische Information der Deutschen Nationalbibliothek: Die Deutsche Nationalbibliothek verzeichnet diese Publikation in der Deutschen Nationalbibliografie, detaillierte bibliografische Daten sind im Internet über dnb.dnb.de abrufbar.

TWENTYSIX
Eine Marke der Books on Demand GmbH
Kollektion 2023
© 2023 Viktor Kamerer

Herstellung und Verlag:
BoD – Books on Demand, Norderstedt

ISBN: 9783740725297

KAPITEL 1

Ein Morgen im Dezember. Eine junge Frau nahm einen Weg durch einen Nebel hindurch. Es war ihr beschwerlich, da es einen Hügel hinaufführte. Sie gelangte an ein Gebäude, stand vor einer Türe. Ein Mann öffnete ihr. Er trug ein rotes Gewand. War Mitte vierzig. Er grüßte und sie fiel ihm direkt ins Wort. »Ich habe mich entschlossen, dieses Kloster zu besuchen«. »Gibt es einen Grund für Ihr Erscheinen«?

Es lag ihr ein Stein im Magen und der Mann erkannte das. »Haben Sie ein Trauma? Etwas Ähnliches? Dafür sind wir bereit«. Sie gab ihm die Hand und nannte ihm ihren Namen: Sofia. Er aber benannte sie um in Aura. Solange sie hier sei, würde sie so heißen. Sie lächelte und trat ein. Der Mönch freute sich und lobte ihre

Augen. »Sie haben eine reine Seele, werte junge Dame«. »Sie dann: »Wenn Sie wüssten. Mein Leben ist kompliziert«.

Er wurde still. Sie würde nicht einmal seinen Namen erfahren. Einen Kontakt stellte er im Handumdrehen her, aber für Weiteres war sein Charakter nicht ausgelegt. Die Dame war vorhin am Eingang zaghaft. Jetzt sprühte sie voll Leidenschaft. »Ich habe beschlossen, langsamer zu werden. Für eine kurze Zeit. Der Stress im Büro ist schrecklich. Wenn Sie mich verstehen«? Der Mönch wurde schnell schlau und sah auf ihr Hab und Gut, welches sie in der Hand hielt. »Begreifen Sie, junge Frau. Wir leben nicht vom Brot allein«.

Sie begriff im Nu. Der werte Buddhist starrte auf ihre Tasche, worin ihr Geld lag. Sie packte ihre Geldbörse heraus und übergab ihm 200 Euro. Er war dankbar und senkte seinen Kopf. Dann führte er sie in einen anderen Raum.

Sie erkannte einen kleinen Altar, mit Statuen darauf und Bildern an den Wänden. Er sah, worauf Sie es abzielte. Ob sie der Meditation fähig sei, fragte er. »Ein wenig«, antwortete sie. Er hatte eine Vision vor den Augen, sah die Pforte. Aura erschien und lächelte ihn an. Er begriff, dass sie eine herzliche Dame war. Er sah weiter, wie sie meditierte. »Der Saal hier steht einer Frau wie Ihnen offen. Jederzeit«.

Sie bedankte sich und setzte sich vor den Altar. Streckte die Arme zur Seite und öffnete die Hände. Dann erkannte sie, wie die kosmische Kraft durch sie hindurchging. Der Buddhist entfernte sich, kurze Zeit später war da ein anderer Geistlicher.

Sie erhob sich. Er stellte sich vor. Er sei der Vorsteher des Zentrums. Sie eröffnete die Unterhaltung: »Ihr Kollege ist kaum sprachbegabt. Ich frage mich, ob das hier normal ist«. »Nein, werte Dame. Seien Sie versichert, dass ich Sie ernst nehmen werde. Hier ist weder Frau oder Mann ohne Worte gelassen worden. Sagen Sie heraus, was Ihnen auf dem Herzen liegt. Ich bin da offen und ehrlich. Nicht jeder Kollege ist sprachwütig«.

»Wissen Sie«, sprach die junge Frau. »Ich versuche, den Ballast hier auszuwerfen«. »Das werden Sie in jedem Fall. Aber lassen Sie uns erst was essen. Ich Körper braucht Kraft« Sie lächelte und beide betraten einen Saal.

Sie nahmen Platz an einem langen Tisch. Warum war keiner sonst hier? Die Mönche bekamen nur ein Essen am Morgen. Das war die Antwort in seinem Kopf. Der Vorsteher huschte davon. Kam mit einem Mahl für beide zurück. Sie flüsterte: »Hier wird man bedient. Teuer ist es ja«.

Der dickliche Buddhist setzte sich zu ihr und stellte das Frühstück auf den Tisch. Sie saßen sich gegenüber. »Sie haben wenig Geld«, sagte er frei heraus. Sie konterte mit: »Woher wissen Sie das«? »Sie haben nur zweihundert Euro dabei. Das zeugt von einer gewissen Armut«. »Für eine wie mich ist diese Summe schon hoch. Sie leben auf großem Fuß, Herr

Vorsteher. Das werfe ich Ihnen an den Kopf«. »Sprechen Sie, wie der Schnabel gewachsen ist, solange Sie eine positive Wortwahl nutzen. Nichts ist so herrlich, wie eine angenehme Sprache, finde ich«.

Apropos. Ob sie denn Affirmationen hätten? »Ja, die haben wir in unseren Büchern. Klar doch. Worte der Heilung und des Reichtums. Dabei wiederholt man Sätze«. Ob sie sich da auskenne? Sie meinte nein, aber sie werde es lernen. Sie habe schon eine Vorfreude darauf.

»Wenn es Ihnen recht ist, werden wir die Sätze aufsagen«, gab der Vorsteher zu verstehen. Er war sich bewusst darüber, dass er eine Verantwortung für sie hatte. Und doch lehnte er sich zu ihr, schmachtete sie an, gab ihr ein Gefühl von Freundschaft und Sex. Sie war jetzt der Mittelpunkt hier. So schmierte er ihr Honig um den Mund. Er ließ sie wissen, dass sie einen enormen Charakter habe. Sie grinste. Er hatte es erfasst. Hatte sie behaglich am Zopf gepackt.

Sie sprach, wenn er so weitergehe, dann bliebe sie länger. Er war erfreut und meinte, er heirate sie kurzum.

Sie legte ihre Hand auf seine Schulter und gab ihm einen kleinen Kuss auf die Wange. Er badete in dieser Zartheit. Stöhnte. Umarmte sie herzlich.

Sie aßen das Frühstück. Er erhob sich und geleitete sie in ihr neues Quartier. Sie folgte ihm brav. Sagte so etwas wie: »Was für ein Gebäude«.

Durch die Gänge schlenderten sie wie ein Paar. Jetzt nebeneinander. Wie verliebt. Er hatte Interesse an ihr. Und sie an ihm? Lief es auf beiderseitig hinaus? Oder träumten sie vor sich hin?

»Sie werden Raum für Träume haben«, sagte er. »Wir spielen Musik und schreiben und malen. Alles, was ihr Herz begehrt«? »Ja. Bin gerne kreativ. Hören Sie Blues«? »Nichts Besseres denn das, junge Dame«.

Er öffnete die Türe zu ihrem Zimmer. »Um zwölf ist Mittag. In einer Stunde ein Gesprächskreis«. »Ich liebe das, Herr Buddhist«. »Na, dann sind wir uns in allem einig«.

Sie streichelte mit ihren Fingern über die Türe, die der Mönch schloss. Er bemerkte diese Zärtlichkeit. Reichte ihr seine Hand. Sie könne jederzeit in sein Büro kommen. Was sagte er damit aus? Dass er gedachte sie herzunehmen in seinem Zimmer? Sie grinste, da ihr dieser Gedanke im Kopf schwirrte. »Der werte Herr Mönch ist nicht katholisch«. »Keineswegs«, erwiderte er.

Ihre Reise möge sich lohnen, sagte er. Er müsse jetzt in sein Gemach, um etwas zu unterschreiben. »Wichtige Dokumente«? fragte sie. »Sie sind mir heiliger denn das«, kam es von seinen Lippen.

Sie senkte den Blick. Eine Schüchternheit hatte sich auf sie gelegt. Wenn alle Mönche so sind, dann würde es spaßig werden. Das lag ihr auf der Zunge. Sie schloss die

Türe. Es klopfte und sie öffnete. Es war der Vorsteher. Er hatte etwas vergessen. Einen Kuss? Eine Umarmung? Oder nur ein Trinkgeld?

Er ließ sie wissen, dass sie frei leben. Nach der Natur. Sie war ein Schelm und verstand sofort. »Für eine Nummer bin ich zu haben«, gab sie zu verstehen.

In der Nacht schleppte eine männliche Gestalt sie durch die Flure. Das war nicht die feine Art.

Sie trafen auf ein Fahrzeug. Er öffnete eine Hintertüre und drückte sie hinein. Mit aller Kraft versuchte sie dagegen zu halten. Doch der Mann ließ kaum mit sich reden. Er hatte eine Mütze auf dem Kopf. Stiefel und eine schwarze dicke Hose. Aura lehnte sich zurück und fragte: »Warum«?

Er sagte kein Wort. Zeigte mit der Hand auf seinen Hals. Er würde ihr die Kehle durchschneiden. Sie blieb still.

KAPITEL 2

Sie fuhren eine kurze Weile. Trafen auf eine Kirche. Er schleppte sie aus dem Fahrzeug. Kettete sie an die Eingangstüre. Festgebunden und erschöpft gab sie keinen Mucks mehr von sich. Er brauste davon. Sie sah auf das Auto. Das Nummernschild war nicht zu lesen. Zu dunkel lag die Atmosphäre auf der Nacht.

Sie öffnete ihre Augen. Es war hell und kalt. Einige Männer traten vor, lösten die Ketten. Sie hoffte, dies alles nehme jetzt ein Ende. Doch weit gefehlt. Die Personen schleppten sie durch den Kirchengang. Bis zum Altar. Dort rissen sie ihr die Kleider vom Leib, legten sie auf den kalten Stein und banden ihre Hände aneinander fest.

Die Mitglieder der Gemeinde sammelten sich langsam. Die Sitzbänke füllten sich. Ein jeder sah sich das Mädchen an. Wie alt möge sie sein? Achtzehn Jahre? Das kam hin. Einige ließen sich dazu herab, an den Altar zu treten und die junge Dame anzuspucken. Was für ein Gräuel lag in den Gemütern dieser Menschen? Welchen Hass hatten sie auf eine Frau, die sie nicht kannten?

Viele alte Gäste saßen da. Rund hundert Erwachsene und drei Dutzend Jugendliche. Alle sahen sich das Spektakel an. Die jungen Leute müssten sie bewahren. Das schien ihnen aber fern. Sie lechzten nach Blut. Was war in sie gefahren? Hatten sie Dämonen in ihren Körpern? Und war die ganze Sache nicht ein Fall für den Staatsanwalt?

Die Lage wurde immer brenzliger für die Achtzehnjährige. Drei Männer mit schwarzen Kutten kamen in den Saal. Sie hatten das Haupt mit den Mützen der Robe verdeckt. Masken kreierten ihren Look. Aura war nicht imstande, ihre Gesichter zu sehen. Dann schrie sie wie am Spieß. Die Alten aber grölten in den Raum hinein. Da erkannte sie, dass sie hier keinen Freund hatte. Nicht einmal einen.

Ein junges Mädchen kam an den Altar. Sie übergab den drei Männern Peitschen. Jetzt würde es heiß werden.

Der Erste holte aus und ließ das Werkzeug springen. Es klatschte auf ihren Rücken. Sie schrie abermals. Sie haben keine Barmherzigkeit. Das war ihr Gedanke. Sie brach auf, um weg vom Stress zu kommen. Jetzt war es dunkel um sie bestellt. Wie Menschen so grausam sind? Nicht einer hatte Mitleid.

Der zweite Mann in der Robe holte aus. Peitschte sie aus und grinste laut. »Diese junge Frau ist ledig und wird dargereicht. Unseren verheirateten Weibern gilt diese Sache nicht. Sie sind durch die Heirat verschont. Wer nimmt uns das? Diese Dame wird durch den Tod befreit sein. Lasst weitertun, bis Gott uns gnädig ist«.

Alle erhoben sich von den Bänken und applaudierten. Ein zehnjähriges Mädchen kam vor den Altar. Sie wolle einige Verse vortragen.

Es schien unpassend. Doch einer der Dreien ließ sie gewähren. Sie nahm das Mikrophon von der Kanzel und trug vor: »Wir Kinder sind verschont. Den Eltern gehört der Lohn. Sie schlagen die Dame, das ist ihre Gabe. An uns zählt es nicht. Denn wir sind ihre Nachkommen. Es ist ihre Pflicht. Die Liebe möge zu uns kommen«.

»Was für ein Gedicht«, sagte einer der Dreien. »Es ist verwunderlich, wie unsere Kleinen schon so schlau sind«.

Das Zehnjährige legte das Mikrophon auf das Rednerpult und setzte sich an ihren Platz. Ihre Mutter liebkoste ihre Wangen. Ihr Vater gab ihr einen Kuss auf die Stirn.

Der dritte Mann mit Kutte ließ seine Peitsche schwingen. Erneut stöhnte und schrie das Opfer. Der Organist spielte zwei Takte. Dann hielt er inne. War da ein Funke Gewissen?

Gab es nur einen, der an diesem Morgen zweifelte? Alle setzten sich. Beruhigt sprach einer der Männer: »Diesen Tag wird Gott nicht vergessen. Er hält an uns, meine Lieben«.

Der Organist hatte eine Maus gesichtet und diese Tiere liebt er nicht. Deshalb hielt er inne. Was würde das Tierchen mit ihm veranstalten? Auf der Nase herumtanzen? Die Nerven strapazieren? Da sie in ein Loch huschte, atmete er erleichtert aus und klimperte erneut auf den Tasten. Er sah zu dem Volk, hörte ihre Gesänge und nahm daran teil.

Seine Tochter kam zur Orgel. Sie liebte es, wenn ihr Vater spielte. Sie flüsterte ihm ins Ohr: »Papa. Ist dieses Mädchen dran wie die anderen? Was hat es uns angetan«?

»Es hat nichts verbrochen, meine Kleine. Es war am falschen Ort. Das passiert schon einmal«.

»Aber Papa. »Ist dieser Ort furchtbar«?

»Nein, Susie. Dieser Ort ist heilig. Du verstehst doch, was das bedeutet«?

»Ja. Dass Gott hier wohnt«?

»So ist es. Jetzt gehe hin und singe. Dir wird nichts Übles widerfahren«.

Susie schlenderte durch den Gang. Setzte sich zu ihrer Mutter. Was sie hier vernahm, war für sie nicht greifbar. Einem Erwachsenen schon mehr. Die Eltern schämten sich nicht ein bisschen. Sie beschützten ihre Kinder und dieses Achtzehnjährige peitschten sie aus. Die Lage war heikel. Eine Sache für die Justiz.

Einer der Dreien sah sich um, zog dann etwas aus dem Talar. Es war eine kleine Flasche Alkohol. Er schüttete ihn auf das Mädchen. Er brannte sich in ihre Wunden. Sie schrie umso mehr.

Einer der beiden anderen riss ihm das Mittel aus der Hand. *Er hat ein Gewissen. Schaffe ich es doch hier raus? Kenne mich mit solchen Leuten keineswegs aus.*

Der Dritte schlug dem zweiten ins Gesicht. Er taumelte. Stieß mit der Schläfe auf dem Boden auf.

Sein vermeintlicher Freund bückte sich zu ihm. »Bruder. Alles okay bei dir? Ist mein

Fehler. Werde mich zügeln. Wenn ich weniger impulsiv wäre. Nimm es mir nicht übel«.

Der Freund setzte sich auf und rückte seine Maske zurecht. »Kein Problem«.

Er hatte recht. Es gab andere Schwierigkeiten hier im Hause. Einige Männer peitschten junge Damen aus. Und viele heizten mit den Gesängen die Stimmung auf.

Es gab eine Handvoll Menschen, die Skrupel hatten. Diese wurden auf die Spur gebracht. Sie folgten der Masse. Weil die Gruppe ihnen etwas versprach.

Da die drei sich wieder vertrugen, führte der Organist sein Geklimper fort. Er spielte mitunter schief. Was seiner Tochter das Lob nicht abtrug. Sie liebte ihren Vater. Er war ihr Mittelpunkt. Wie diese Gemeinde.

Sie war für viele ein Dreh- und Angelpunkt. Ein Lebenselixier. Wenn Gott an ihrer Seite stand, wer würde ihnen dann in die Suppe spucken?

Ein Zehnjähriges sah krumm drein. Sie fragte ihren Vater leise, ob das alles rechtens sei. Er flüsterte ihr zu, sie möge nicht zweifeln. Das wäre töricht.

»Aber Papa. Sie leidet. Könnten die Brüder nicht aufhören damit? Ich meine: Nehmt mich. In mir ist null Furcht. Gott sei uns gnädig für das, was hier geschieht«.

Der Vater spricht seine Tochter an. Sie würde verschont bleiben, da Jungfrauen rein seien. Diese junge Frau aber sei das nicht. Ihr gebühre es, Schläge zu erdulden. Sie werde schon verstehen, was hier vor sich ginge, wenn sie erwachsen werde. Es sei alles rechtens.

»Lass mich jetzt wissen, was hier vorgeht«.

Ihr Papa streichelte ihr über das lange Haar. Dann gab er ihr einen kleinen, zarten Kuss auf die Wange.

»An deinem achtzehnten Geburtstag wirst du es wissen. Sei brav. Wir werden das jetzt zu Ende bringen«.

Was war das, von dem der Mann sprach? Welches Ziel verfolgten sie? Das Mädchen bereitete sich vor. *Die Peitschenhiebe sind nicht alles. Menschen wie diese haben falsche Vorstellungen. Sie fordern mein Leben für die Religion. So ist es hier. Eine andere Erklärung habe ich nicht.*

War sie ihnen auf der Spur? Sie schaute unbekümmert und dann verstummte sie kurz. War dies der Moment vor dem Tod?

Der Augenblick, da sie Seelenfrieden hatte? Wo sie alles in Gottes Schoß legte? Er für sie warb?

Sie würde ohne Sünde sterben. Allein durch diese Qual, die man ihr auferlegte.

Kurzum lächelte die junge Frau. Ja, sie hatte Hoffnung auf das Paradies. Für diesen Moment war sie selig.

Das Zehnjährige riss sich aus den Armen ihres Vaters. Sprang zum Altar. Dort küsste sie das Mädchen. Jenes, dass Freude empfand. Jetzt, da sie erlöst würde.

»Du wirst das Himmelreich sehen, meine Liebe. Vertraue auf Gott und die Engel«.

Was sagte die Kleine da? Welches Reich? War dies schon das Ende ihres Lebens? Ginge sie hinüber? War das das Ziel dieser Prozession?

KAPITEL 3

Sein Gang durch die Flure des Innenministeriums schien schwer. Er war nicht fähig zu erkennen, worauf es hinauslief. Die Dame am Empfang öffnete ihm die Türe. Er schloss sie hinter sich. Vor ihm der Innenminister Deutschlands, der sich vorstellte: »Hans Zimmer. Und Sie sind Herr Jonathan Ammer. Hat eine Weile gedauert, bis wir uns sehen. Jetzt sind Sie ja hier«.

»Ja. Bin hier auf Ihren Befehl, Herr Zimmer«.
»Sie strahlen etwas aus, Hauptfeldwebel. Es ist an der Zeit, da Sie Agent sind. Ihre Zeugnisse sind perfekt. Bis Sie diesem Burnout in die Falle getappt sind. Scheint alles wieder okay. Oder irre ich mich«?

Jonathan sah verlegen drein. Dieser Job war schon heiß. Wie möge er jetzt vorgehen? Würde er dem Minister sein Herz ausschütten? Wie er sich mit Burnout anfühlte? *Mein Gegenüber hat keine Hemmung mich vor die Türe zu setzen. Diese verdammte Krankheit.*

Er ist Soldat, aber ebenso Geheimagent. Sein heutiger Einsatz möge doch reibungslos klappen. Dafür gab er alles. Das Psychische könne ruhen, schwirrte es ihm durch den Kopf. Er zog seine Waffe, lud sie und brachte sie startklar. »Bin bereit, Herr Minister. Besser denn heute wird es nicht«.

»Das lobe ich mir«, sagte Hans Zimmer. »Sie sind der richtige für diesen Job. Wette, Sie kommen heil wieder zurück. Es gibt zwar zwei, drei Kandidaten. Aber Sie scheinen laut Akte, das eine oder andere zu wissen, was Ihnen helfen wird. Die Religion hat einen Platz in Ihrem Herzen. Deshalb dieser Einsatz«.

»Ja. Ich bin religiös«.

»Und Sie haben zwei Staatsangehörigkeiten. Sind Engländer und Deutscher«.

»Meine Eltern stammen aus Großbritannien. Ich wurde 1984 hier geboren. Scheint mir kein Problem zu sein, Herr Hans Zimmer«.

»Es passt schon. Sie haben den Dienst an diesem Land geleistet. Schalten Sie jetzt einen Gang hoch. Vom Soldaten zum Agenten«.

»Bin bereit, das Beste zu geben. Es ist Religion im Spiel? Ich meine den Einsatz«.

»Genauso ist es. Aus einer Kirche nahe Stuttgart sind Schreie gemeldet. Es handelt sich um eine freie Gemeinde. Wir nehmen an, es wird ein Kult drum herum gebildet. Die Rufe sind weiblicher Natur. Wenn Sie dorthin kommen, schauen Sie sich um. Greifen Sie ein, alsbald nötig«.

Jonathan Ammer sah es nicht normal an, alleine zu operieren. Er war hier kein Soldat. Eine Truppe gab es hier nicht. Er war auf sich gestellt. Ließ sich die Nummer des Innenministers geben. Für Rückfragen. Dann war er schon aus dem Raum verschwunden.

Er flüsterte sich zu: »Schreie? Was möge das sein? Eine Frau, die vergewaltigt wird? In einer Freikirche? Das ist mir abstrus«.

Diese Gemeinden waren für ihn ein rotes Tuch. Er kannte keine von innen. Und fürchtete sich davor. Seine Seele möge heil bleiben. Und die Kinder berichteten Übles. Was aber zog ihn an Böblingen an? An diesen Ort, wo die Religion zu weit ginge?

Diese verdammte Kirche prügelt Frauen. Wenn meine Augen das sehen, greife ich ein. Keine Frage. Ich werde sie ertappen. Das wird ein Kinderspiel.

Würde der erste Einsatz ein Erfolg, kämen weitere. Er hätte zwar nicht schnell ausgesorgt.

Doch seine Einnahmen waren enorm. Plus Spesen. Das hatte ihm Herr Hans Zimmer auf dem Smartphone zugesichert. *Das ist schon was. So läuft es an. Zehntausend Euro in sieben Tagen. Damit komme ich klar. Einen besseren Job gibt es nicht. Dieses Land ist phänomenal.*

»Würde man raten, dann sage ich, das Ganze ist in einer Woche gegessen. Der Fall gelöst. Eine Kirche, die Absurditäten aufweist. Das ist ein Strafbestand«. Er holte seine zweite Waffe aus einem Fach im Auto. Steckte sie sich in den Socken am Bein. Dann fuhr er los.

Das Wetter schien grauenvoll an diesem Wintertag. Doch er hatte ABS an Bord seines Wagens. Der Schnee somit kein Problem. Die Sicht schwerer. Berlin war zugeschneit. Dennoch brauchte er weder Schneeketten und Beifahrer zur Hilfe. Hatte er schnell gelernt, dass dies *sein* Einsatz war.

Auf halbem Wege tankte er den Mercedes SUV. Holte sich ein Sandwich vom Händler dort. Bezahlte mit Karte.

»Ich hätte Bargeld mitgenommen, wenn mein Gedächtnis mich nicht im Stich ließe. Ah, da ist ein Automat. Da ziehe ich mir mal zweihundert Euro«.

Fahrigkeit war seine Stärke. Ein Assistent helfe da durchaus. Das gestand er sich nicht ein. Er sah nicht, wie zerfahren er handelte.

Kurz wankte sein Fahrzeug über den Schnee. Jonathan Ammer drückte das Lenkrad mit den Händen fest. So hatte er wieder die Kontrolle.

Er benötigte seine Brille nur zum Lesen. Das Autofahren war mühelos. Sah man vom glatten Belag an diesem Tage ab. »Null Problem, lieber Mercedes«, sprach er mit dem Wagen. »Du bist das beste Gefährt. Nur keine Panik und Hektik. Wir beide schaffen das schon«.

Das Fahrzeug heulte auf. Es hatte ihn verstanden. Lag auf seiner Seite. Half ihm, den Weg sicher zu bestreiten.

War er verrückt? fragte er sich. »Dies ist kein Lebewesen, mit dem ich spreche. Es ist eine Maschine. Die man mit Geld kauft. Damit sie ihre nüchterne Aufgabe bestreitet«.

Er war ebenso eingekauft, und zwar von Innenminister Zimmer.

Nein, dieser Mercedes war ihm eine Hilfe. Doch nicht imstande zu lernen.

Er sprach mit sich selbst. Wenn Maschinen lernten, wäre man einen Schritt weiter. Es benötigt Zeit. Und schlaue Köpfe. Dann sagte er zum Benz: »Ich bin zwar kein Erfinder, erkenne aber große Technik. Und du bist auf dem Weg dorthin. Ich glaube an dich«.

Er sah auf die Armatur und wartete auf eine Antwort. Die kam nicht. Keineswegs im Jahre 2021. Das war Utopie.

KAPITEL 4

Einer der drei Mönche stöhnte. Dann nahm er sein Gewand zur Seite und man sah spitze Fesseln am Fußgelenk. Es war so wie vor hunderten von Jahren.

Die Fessel hatte scharfe Elemente. Diese stießen durch sein Fleisch. War das die Strafe für sein Vergehen an dem Mädchen?

Achtzehn Jahre, sinnierte er. *Da fängt das Leben an. Und wir nehmen ihr das.* »Bruder Brutus. Lassen wir das lieber«.

»Auf keinen Fall«, ertönte es aus dessen Munde. »Wir ziehen es durch. Außer der Herr gibt uns ein Zeichen. Verstehe, Serpentin. Es liegt in Gottes Händen, was mit ihr geschehen möge«.

Dann schlug jener Brutus erneut auf die junge Dame ein.

Sie lechzte nach dem Tode. Das war der Ausweg, den sie zu nehmen vorhatte. »Ist dies Gottes Wille«, so sagte sie, »so ist dieser brutal. Nein, der Allerhöchste möge ihnen vergeben. Denn sie wissen nicht, was sie da sagen«.

Dann schrie sie: »Hätte ich nur nicht das verdammte Kloster besucht«.

Der Bruder mit der Fessel wankte. »Lassen wir sie frei. So sind alle gerettet«.

Der Grobe antwortete: »Wenn du nur die Wahrheit wüsstest. Das Ritual hat einen Grund«.

Serpentin senkte sein Haupt. Er war gefangen, von Brutus und dem dritten Bruder. Ruderte er zurück, so würde man ihn opfern. Der Selbsterhalt eines Menschen ist ein Drang. Er würde sich da nicht entziehen.

»Was sagst du, Mangold«? fragte Brutus den Mann, der zurückhaltend schien. Er hatte eine Meinung. Würde er sie vortragen?

Er gab zu verstehen, dass er des Allerhöchsten Willen nacheifere. »Wenn diese Frau stirbt, dann nur, da Gott es zulässt«.

»Aber unsere Hände sind es, die es erledigen«, meinte Serpentin. Er zwang sich ein schreckliches Gesicht auf. So litt er mit dieser jungen Dame. Er stöhnte erneut. Aufgrund seiner Fesseln und des Opfers wegen. Dann wandte er sich dem Altar ab. Er hatte Gewissheit, was gleich geschehe. So rief er in die Kuppel hinein: »Dieses Mädchen ist untadelig. Wir sind die Bösen. Mein Herr vergib uns. Diese Sache treibt über das Menschliche hinaus«.

Brutus riss die Kleider der jungen Frau in Fetzen. Schmiss sie auf den Boden. So lag sie völlig nackt da. Erneut peitschte er sie aus und lachte, gierig nach mehr. Sie sah in seine Augen. Er war kein Mensch. Vielmehr trieb er sich zu Höchstleistungen an.

Sie hob ihren Arm, wie zum Schutz. Doch Brutus heizte die Stimmung an: »Mein Volk. Was sagt Ihr. Hat sie es verdient? Oder lassen wir ab, ohne einen Beweis für ihre Unschuld? Wir sind nicht vor Gericht, wo die Unschuldsvermutung zählt. Wir aber sind Gott seine Gebote schuldig. Und diese fordern ein Opfer. Wer mit mir ist, der hebe den Arm«.

Hundertfünfzig an der Zahl erhoben ihn, selbst die Kinder. Mangold und Serpentin sahen schuldig aus. Doch Brutus nahm ihre Hände und schmiss sie in die Luft. Er würde nicht allein büßen, für das, was hier vorging. Alle hier im Raum haben dafür gesungen. Die ganze Gemeinde hatte sich an dem Mädchen versündigt. Sie war ein Opfer. Dargebracht wie ein Tier. Aura rang um Luft. Sie sagte nichts mehr und der Atem reichte nicht.

Die Lage war miserabel. Die junge Dame streckte sich, versuchte, den Fesseln zu entkommen. Der Strick war fest. Und Bruder Brutus ohne Gnade.

Brutus vernahm in dem Moment, dass er ohne Schuld war. Gott selbst hatte ihm das jetzt beigebracht. Und das Volk hier würde es bekräftigen. Der Mönch zeichnete mit der Hand ein Kreuz vor seiner Brust. Des Christentums Zeichen. Sodann erhob er die Peitsche. Schlug zu, stärker denn zuvor. Gleich wäre es beendet. Wenn nur nicht Serpentin, der Bucklige, ihn ärgerte. Dieser folgte nicht. War anderer Meinung. »Ich bin unschuldig«, flüsterte er sich selbst zu.

Brutus schubste ihn an der Schulter. »Schwächling. So werden wir Gottes Gunst verfehlen. Ich liebe dich zwar. Doch bedenke, dass dir so keiner folgt. Allein, was du hier ausstrahlst«.

»Dir folgen sie«, sagte der Angeklagte. »Du hast Ordnung und Recht in dieser Gemeinde inne. Was du sagst, ist die Regel. Und niemand zweifelt an dir«.

»Wir zweifeln aber an dir, Bruder. Die Lage ist heikel, wenn du nicht mitziehst. Du bist von Anfang an dabei. Was ist mit dir geschehen? Früher hattest du keine Skrupel«.

»Heute bin ich ein wenig weiser«, so Serpentin. »Das mögest du dir überlegen. Mord ist Mittel von Gangstern. Wir sind Gläubige. Das alles scheint abstrus«. Dann ruft er lauter, in den Saal: »Wer mit mir ist, der komme nach draußen, an die frische Luft. Um seinen Verstand zu erfrischen«.

Einige verließen den Raum. Serpentin begab sich in eine Kammer, um sich umzuziehen. Er hörte, wie Aura schrie. Ein letzter Hieb, und sie verstummte. Der Mönch im Zimmer schüttelte den Kopf. Die Sache war erledigt. Und er ist hier Zeuge. Und er hatte eine Moral. Würde er sie alle der Polizei übergeben? Brutus schon, der der Anführer ist. Er hatte den größten Makel.

    Serpentin hämmerte gegen die Wand. Er war wütend. Die gesamte Kirche ist schräg.

    Er öffnete ein Fenster und schrie lauthals: »Diese Sache ist nicht die meine. Wer mit mir ist, der erhebe sein Antlitz und gestehe die Mittäterschaft«.

Serpentin hörte einige draußen grölen. Sie bewegten sich auf die falsche Seite. Ihnen fehlte die Moral. Kein Mut und null Gewissen. Der Kopf wurde verdreht. Das war die Arbeit der freien Prediger. Deren Worte drangen durch die Seele der Gemeinde. Dieser eine Mönch ließ sich nicht beirren. Seine Predigten werden sanft sein. Er wählte von jetzt an seine Sätze mit Bedacht.

Was hatte ihn dazu gebracht? Wie hatte er sich davon abgekoppelt? Und welchen Einfluss hatte er bei Alt und Jung? Er legte seine Robe in einen kleinen Schrank, entblößte sein Gesicht. Für niemanden sichtbar. Obgleich allen bewusst war, wer hinter dieser Maske steckte. Er verließ den Raum und benutzte die Gänge dieser Kirche. Eng und klein lagen diese zwischen den Mauern.

Die beiden anderen Mönche legten ihre Roben ab. Der Grobe verbrachte seinen Arm auf dem Kollegen. Alles würde sich einrenken. »Okay, mein Freund. Du bist das Sprachrohr Gottes, und dieser ist mit uns. Bist Petrus, deshalb bin ich auf deiner Seite. Die gesamte Gruppe ist das«. Brutus labte sich in diesem Lob. Dann sagte er: »Viele sind mit mir. Bis auf Serpentin und einigen wenigen. Sie werden uns nicht stürzen. Wir sind in der Überzahl. Und der Wille des Herrn ruht in diesen Gemäuern«.

KAPITEL 5

Der Agent fuhr seinen BMW auf die Fußgängerzone Böblingens. Stieg aus und sah sich um. Er fragte den ersten Bürger, wo die St. Bonifatiuskirche sei. Er habe dort einen Freund, den er gerne besuchen wolle.

Die Antwort kam gestikulierend. Der Gefragte zeigte somit den Weg. Jonathan ließ den Wagen stehen. Lief in die gezeigte Richtung. Da er ankam, sah er das spitze Dach. Das hellbraune Gemäuer und ein Turm.

In diesem Augenblick traten einige Personen hervor. Der Agent nickte einem jedem zu. Sodann fragte er die Leute, wer denn hier der Vorsteher sei. Die Ersten schwiegen, einer aber fasste sich ans Herz: »Der Bruder kommt aus der Kirche. Sehen Sie den großen, lockigen Herrn?

Er ist kaum zu übersehen. Halten Sie Ihr Gespräch mit ihm kurz. Diese Gemeinde ist nicht zum Plappern da«.

Jonathan erschauderte schon jetzt. Man hatte hier einiges zu verheimlichen, vermutete er. Dieser eine hier, sprach davon, wie zurückhaltend diese Kirche war. Er selbst hatte keine Hemmungen. Der Agent bedankte sich und lief auf den Herrn zu. Reichte ihm die Hand und stellte sich mit seinem Namen vor. Der Angesprochene gab ihm die Pranke. Er sei Paul Zwist. Ein Leiter dieser Kirche. Was denn der Fremde von ihm wolle? Jonathan schmunzelte. Dieser Mann hatte ein Gewissen. Das sah er in diesem Augenblick.

Des Vorstehers kariertes Hemd stand ihm und die blonde Mähne ebenso. Der Agent, sein Nachname ist Ammer, sagte: »So ein Mist. Habe ich doch glatt den Gottesdienst verpasst«. Er senkte das Haupt. Paul Zwist beruhigte ihn. Heute Abend gäbe es ein weiteres Event.

Jonathan gefiel die jugendliche Sprache. Er würde gerne dabei sein. »Dann um fünf«, meinte sein Gegenüber.

Agent Ammer zeigte keine Hemmungen. Dieser Beruf verlangte ihm das ab. »Herr Zwist. Ist denn hier alles in Ordnung«? Der Vorsteher druckste herum. Es gäbe hier drei Anführer. Er könne nicht für fünf arbeiten. Ansonsten wäre sein Leben prima. Er log gewaltig. Verzog keine Miene. Jonathan holte einen Trick heraus. Er gehöre der evangelischen Kirche an. In welcher Stellung, das brachte er erst einmal nicht an den Mann. Doch das genügte, damit Paul Zwist sich verfolgt und geprüft wähnte.

Er war nicht fähig etwas zu sagen. Die Worte steckten ihm im Halse fest. Und Jonathan Ammer baute sich vor ihm auf. »Schon okay, Bruder. Mein Bericht wird positiv ausfallen. Sie haben sich nichts zu Schulden kommen lassen«? »Nein, keinesfalls«, log jetzt Paul. Doch in Gedanken hatte er die Bilder von vorhin. Da

Brutus die Dame zum Tode prügelte. Er sah sie auf dem Altar liegen. Nackt und getötet. Um den Verstand gebracht und ums Leben.

Paul Zwist verabschiedete sich und es klangen seine Worte »Fünf Uhr« in den Ohren. Er hatte einen von der Kirche eingeladen. Und das, da die Lage katastrophal war. »Alles kein Problem«, sagte der Vorsteher und entfernte sich. Das ließ Jonathan stutzig werden. Er war fähig etwas zu unternehmen und würde es geschehen lassen. Und zwar sofort. So begab er sich hinters Gebäude und suchte ein Fenster. Fand es und schlug es ein.

Er begegnete dem Altar. Ließ seine Augen schweifen. Da sah er einige Blutstropfen auf dem Stein. Leckte daran und sprach zu sich selbst: »Echtes Blut. Doch nicht alles in Ordnung. Ich schaue mich weiter um«.

Eine Blutspur brachte ihn in einen Raum mit Särgen. Er trat vor das, wo die Spur hinführte. Er würde es gleich öffnen. Hineinschauen. Eine Leiche finden. »Ein halbes Dutzend solcher Kisten in einer Kirche. Das ist nicht normal. Ich schaue mal rein«.

Er zögerte. Dann hörte er Fußschritte herbeikommen. Würde er hier gefunden, wäre eine Antwort aus der Phantasie gebraucht. Eine solche hatte er. Legte sich zwei, drei Sätze zurecht.

Würde das Paul Zwist sein, was ist dann seine Ausrede? Nein, er hatte eine Vollmacht der Kirche. Gefälscht, aber vorhanden. Sie steckte im Sakko.

Würde der Eindringling den Agenten ertappen? Er schlich langsam und bedächtig in den Raum wo die Särge standen. Seine Art war der Vorsicht geschuldet. Und er sah sich zaghaft um.

Jonathan sah ihn nicht. Er diesen ebenfalls nicht. Sie hörten sich zwar. Waren aber nicht imstande die Person zu entdecken. Das Mitglied hatte eine Rose in der Hand, legte diese zunächst auf den Boden. Öffnete einen Sarg, sah hinein und erschrak.

Dann nahm er die Blume und warf sie auf die Leiche im Kasten. Eine Furcht setzte sich in ihn. Er war dabei den Raum zu verlassen. Etwas hielt die Person zurück. Nicht körperlich, sondern psychisch.

Er wurde sich gewiss, dass sich keiner im Zimmer versteckte. Jonathan aber war professionell ausgebildet. Hatte eine kleine Nische im Raum gefunden und sich hineingezwängt. Das Mitglied ergraute. Hatte die Bilder vom Ritual vor sich. Die drei Brüder: Mangold, Serpentin und Brutus. Letzterer war grobschlächtig. Peitschte die junge Frau aus. Die doch so grazil war. Er hatte sich in sie verliebt. »Das Mädchen hat uns nicht geschadet. Sie war genial«. Er bückte sich zum Sarg hinunter. Gab dann der Dame einen Kuss auf die Lippen.

Erneut die Peitschen vor den Augen. Dieser Kerl hatte ein Gewissen. War zwar nicht aktiv bei dem Ritual. Sang aber mit Sicherheit mit.

Er ist ein Mitglied mit Hemmungen. Körperliche Gewalt scheint ihm fern. Schaue ihn mir genauer an. Höre bislang nur seine Stimme.

Jonathan nahm den ersten Schritt aus der Grotte. Sah einen Schalter, den er betätigte. Gleich würde es hell werden. *Diesen Burschen werde ich kennenlernen. Er wird auf meiner Seite sein. Werde ihn zu mir ziehen. Eine Blume für die Tote? Ist zwar Gang und gäbe. Aber nicht vor der Beerdigung.*

Das Licht der Lampe zeigte die Realität. Jonathan sah verdutzt aus. Wer war das? Die Person hielt sich die Hände vor das Gesicht. Herr Ammer rief: »Hey. Was um Himmels willen bedeutet das? Ist die Frau jemand aus der

Familie? Oder warum die Rose«? Er öffnete die Finger und das halbe Antlitz war zu sehen.

KAPITEL 6

»Weißt du, was die schneeweiße Rose bedeutet, junger Mann«? »Ich bin schon ein Kraftpaket, wenn erst zwölf. Die Blume möge die Tote auf den Heimweg schicken«.

»Ja«, so sagt Jonathan Ammer. »Und sie ist ein Zeichen für Unschuld«.

»Diese Frau ist rein. Verstehen Sie«? »Woran ist sie gestorben«?, fragte der Agent.

Es war schrecklich, so der Junge. Er wolle nicht darüber reden.

Das sei sein Recht. »Ich bin von der Polizei«. Das war geflunkert.

Doch wie kam er sonst hier weiter? Der Rosenwerfer schwieg wie ein Grab.

Jonathan kam näher heran und nahm des Jungen Hände. »Ich bin nicht schuld«, sagte dieser. Dann riss er sich los und klopfte den Agenten auf die Brust.

»Das sage ich gar nicht. Aber du weißt, wer es war, oder«? Der Zwölfjährige senkte den Blick. Es sei nicht an ihm, irgendwen zu beschuldigen.

»Rede. Es hat keinen Zweck. Ich habe das Blut auf dem Altar und dem Gang entdeckt. Du bist erst zwölf. In diesem Land werden Kinder bis dreizehn nicht verurteilt. Du siehst. Wärst fein raus«.

Dem Jungen zitterten die Knie. Er hatte die Bilder von vorhin vor Augen. »Mein Name ist Joel, Herr Polizist. Und ich bin unschuldig. Habe nicht mal gesungen. Alle haben das. Ich nicht«.

»Ich heiße Jonathan Ammer. Habe keine Furcht. Bin auf der richtigen Seite«.

Er streichelte den Burschen am Kopf. Dieser lächelte, legte sein Haupt in des Agenten Brust. Lobte ihn mit den Augen und hatte jetzt Vertrauen.

In diesem Moment kam ein anderer Junge in den Raum. »Wir suchen dich schon. Wo bleibst du denn«?

»Hatte was zu erledigen«. Sein Bruder zuckte, da er Herrn Ammer sah. »Hab keine Angst«. Doch der Junge rannte hinaus. Kam dann eine Minute später mit Paul Zwist hereinmarschiert.

Was denn hier los sei? fragte der Vater der beiden Kinder. »Das müsse ich sie fragen. Was sucht der Junge hier zwischen den Särgen«?

Er sei alt genug, meinte Paul. Jonathan runzelte die Stirn. Pietät sah anders aus.

»Ihr Sohn ist geschockt. Bedenken Sie, was er hier sieht«.

»Beruhigen Sie sich. Ich kläre das mit meinem Bengel«, so Joels Vater.

Jonathan müsse da eingreifen. Er habe das Blut gesehen. Warum die Dame hier im Sarg keine ordentliche Beerdigung erhalte? »Die gibt es heute Abend. Wenn Sie Zeit haben ... «

»Ich werde kommen«. Da erschrak der Agent. Er zeigte mit dem Finger auf die Leiche und meinte: »Was sind das für Striemen auf der Dame Oberkörper? Werden Sie mir das bitte erklären«? Er drehte die Achtzehnjährige um. »Sehen Sie. Hier ebenso«.

Paul Zwist log das Blaue vom Himmel. Diese Gemeinde habe die junge Frau so bekommen. Und sei mit der Beerdigung beauftragt.

Wenn das so sei, so Jonathan. Dann habe man Dokumente dafür erhalten. Keineswegs, so Herr Zwist. Eine befreundete Kirche habe den Auftrag gegeben. Ohne Papiere. »Was ist die Todesursache«? »Tod durch Erhängen«. Hier sei kein Würgemahl an der Leiche, so der Agent. Er war schlau und sagte weiter: »Sie reden sich da um Kopf und Kragen. Die Striemen sind von einer Folterung. Was ist mit ihr passiert«?

Nichts sei hier vonstattengegangen. »Diese Kirche ist koscher. Kein Grund zur

Panik«. Es sei Blut auf dem Altar und in den Gängen, bis hierher.

»Null Problem, Herr Ammer. Da hatte jemand vorhin Nasenbluten«. Paul Zwist hatte keine Hemmungen, weiter zu lügen. Er baute sich groß vor Jonathan auf. War er führend bei diesem Mord? Und würde der Agent diesen Fall auflösen? Wie arg würde sich Joels Vater geben?

»Ich bin kein Freund von Totschlag, wenn Sie darauf hinauswollen«, sagte der Vorsteher. »Habe nichts von Mord gesagt«, meinte sodann der Agent.

Paul Zwist lenkte die Sache ab. Lud Jonathan zum Mittagessen zu sich ein. »Oh. Ich habe großen Hunger. Komme gerne mit«. »Dann folgen Sie meinem Volvo. Wir wohnen nicht weit von hier entfernt«.

Paul lockerte die Sache auf. *Gott sei Dank, dass er hier nicht stur auf mich einredet. Er ist nicht von der Kirche. Der durchtrainierte Körper und die Fragen. Er ist von der Polizei. Wie kommen wir da wieder raus?*

Die vier durchquerten den Saal und traten vor die Halle. Jonathan fing etwas auf und sprach: »Sie haben nicht den gleichen Gedanken wie ich«?

»Das gibt es nicht, Herr Beamte. Bleiben wir doch bei der Realität«.

»Das ist durchaus eine Wahrheit, dass zwei Personen zur selben Zeit eine Idee haben. Sie sind nicht auf den Kopf gefallen, Paul«?

»Duzen wir uns schon«? Sodann zuckte er zurück und entschuldigte sich für diesen Ausdruck. Er sei nicht so. Ein kleiner Rückfall nur.

Jonathan drückte die Fernbedienung seines BMW 5er. »So schätze ich sie nicht ein. Sie haben ein Gewissen. Das sehe ich Ihnen an. Sie sind anders. Kein Raufbold oder so«.

»Keineswegs, Herr Ammer. Ich sträube mich der Gewalt. Und Sie«?

Jonathan schüttelte den Kopf, sagte dennoch: »In meinem Beruf ist das Gang und gäbe. Ich werde das hier nicht anwenden, oder«?

»Das liegt bei Ihnen, Herr Beamte. Von mir werden Sie Körperliches nicht sehen«.

»Das lobe ich mir«, so Jonathan. »Wäre ja gelacht, wenn wir uns hier nicht zusammenraufen«.

»Ich trage keine Schuld an dem Tod der jungen Dame«.

«Hätten Sie Zivilcourage, wäre die Chance da«?

»Wissen Sie«, so Paul. »Mein Körper ist wuchtig. Aber Kraft habe ich dennoch keine«.

»Schade. Ich hätte mehr von Ihnen erwartet. Legen Sie die Wahrheit auf den Tisch«.

Paul: »Das werden wir beim Mittagessen besprechen. Sie kommen doch mit«? »Und ob. Das lasse ich mir nicht nehmen«.

KAPITEL 7

Jonathan fuhr seinen BMW auf einen der nahen Parkplätze, obwohl das den Anführern obliegt. Er stieg aus und prüfte, ob er seine Waffe am Körper trug. Da dies so war, wartete er darauf, dass einer die Tür der Kirche aufschloss.

In dem Augenblick fuhr ebenso Paul Zwist mit Frau und Kindern vor. Seine Bengel öffneten die Fahrzeugtüren und stiegen aus. Die Eltern folgten dem Beispiel. Da Joel Jonathan erblickte, grüßte er ihn von weitem. Der Agent winkte und grinste. Da kam schon Paul Zwist und ein anderer Herr.

»Das ist der Beamte von der Polizei. Und hier haben wir Frank Bäumer, ein Freund«.

Dieser stellte ihm seine Familie vor. Frau Keira und die Töchter Laura und Jennifer. Was denn schiefgelaufen sei, dass ein Beamter hier aufschlage? Jonathan meinte, die Lage sei ernst.

Herr Bäumer dann: »Ich hoffe, Sie sperren mich nicht ein. Bin ein unbescholtener Bürger. Haben Sie Beweise für meine Schuld«?

»Klar habe ich die. Eine Leiche und Blut auf dem Altar. Das ist doch schon was«.

Paul Zwist: »Ich sagte ja, da hatte jemand Nasenbluten. Der Herr Beamte zweifelt daran«.

»Wenn das so ist«, so Frank Bäumer. »Dann werden Sie mich mitnehmen. Ich bin der Verantwortliche«.

»Warten wir doch erst die Beerdigung ab«, meinte Paul Zwist.

Frank umarmte Jonathan. Dieser ließ es mit sich geschehen. Lachte förmlich und trat in das Entree.

Ihm folgte die Familie Bäumer und andere. Da der Agent den Saal beäugte, fielen ihm die Kopftücher der Frauen auf. Ihre Ehemänner trugen Herrenhüte. Auf dem Altar lag die junge Dame, die beerdigt würde. Sie war nackt, wie Gott sie schuf.

Jonathan setzte sich in die allerletzte Reihe. Er würde den Gottesdienst von da verfolgen. Das erste Mal seit langem.

Er war nicht übermäßig religiös. Hatte keine Frau und Kinder. Nur eine Schwester, die in Berlin lebte, wo er seine Heimat hatte.

Seine Eltern waren in Hamburg zu Hause. Er hatte kaum Kontakt mit ihnen. Sein Beruf hatte es versaut. Sein Vater und die Mutter waren politisch links.

Er sah sich ein Liederbuch an, das neben ihm auf der Bank lag. Jemand hatte es da liegen lassen. Er kannte diese Songs nicht. Dies war eine Freikirche. Mit eigenen Werken.

Da er das Buch zur Seite legte, stimmte die gesamte Gemeinde ein Lied an.

»Die Seele sie steht, auf dem endlosen Weg. Ihr Ziel ist jetzt gesetzt, denn ihre Unschuld ist verletzt. Wir verabschieden sie, eine junge Frau mit achtzehn Jahren. Und doch wird sie in die Hölle niederfahren. Lieber Gott, ihr Tod möge uns gereichen, so wir die Rechnung von dir begleichen. Unsere Leben seien nicht schmerzlich und der Allmächtige barmherzig. Großer Mann sei herzlich«.

Jonathan runzelte die Stirn. Er hörte Schreckliches. Nahm das Lied so wahr.

Diese Leute singen Schauderhaftes. Ich höre, doch wie möge man das für real nehmen? Welche verfluchte Rechnung werden sie so begleichen? Wenn das koscher ist, dann fresse ich einen Besen.

Er schaute von links nach rechts. Alle sangen mit. Von seinem Platz aus, sah er Paul und Frank nicht. *Sie sind hohe Tiere hier, die vorne sitzen. Da werde ich nicht mithalten. Bin nur ein Gast.*

Er flüsterte: »Dass Gott barmherzig mit ihnen sein möge, finde ich phänomenal. Sie bitten um Vergebung. Doch was ist die Sünde hier«?

Sein Sitznachbar hörte hin und sprach zu dem Agenten: »Sie sind neu hier. Verstehen Sie das nicht? Wir waschen uns rein von allen Fehlern«.

Jonathan sagte: »Welche Schandtaten meinen Sie denn? Den Mord an der jungen Dame«?

»Wer redet hier von Totschlag. Alle wissen Bescheid. Nur Sie nicht«.

Der Agent erhob sich und schlenderte um die Bänke herum. Sah er Missetaten? Er schaute in die Gesichter. Zig Menschen waren zufrieden mit dem Lied. Er nicht. Dann sah er Frank durch den Saal stapfen. Bis zum Eingangsbereich und auf die Toilette. *Er wird sich die Sünde rauspissen. Ich ahne etwas. Genaues ist mir nicht zu sagen. Aber Anhaltspunkte sind da.*

Jonathan durchschritt den Saal, nach vorne. Dort klopfte er an die Toilettentür. Niemand meldete sich. Er vermutete Frank Bäumer darin. Kein Mucks. Null Geräusch. Er war ihm entwischt.

»Ich wette, er ist da rein. Oder spielt mein Bewusstsein mir einen Streich? Herr Bäumer. Wo sind Sie denn? Kommen Sie schon. Sie sind hier nicht der Treiber der Gemeinde«?

Ich hoffe, er ist es nicht.

Er klopfte abermals. Rannte die Tür ein und prüfte die Kabinen.

Niemand anwesend. Ich halluziniere nicht, oder? Wenn man schon mal da ist, dann pisse ich.

Er schloss die Kabine und erleichterte sich. Kam hervor und wusch sich die Hände.

»Hier scheint mir einiges schräg zu laufen. Ich werde eingreifen. Bin der Einzige, der das jetzt bewerkstelligt. Ich vermute, dass keiner hier das so arg sieht. Habe es doch mit eigenen Ohren gehört. Das Lied war deutlich«.

KAPITEL 8

Ein Bild kam ihm vor die Augen. Es war Aura, die Leiche.

Er sah sie im Sarg liegen. Mit Striemen übersät. Wer hatte hier seine Hände im Spiel?

Tiefe Wunden, die den Tod brachten, vermutete Jonathan.

An welchem Ort war sie gestorben? In dieser Stadt? Oder sogar hier in dieser Kirche? Die Nachbarn haben Schreie gehört. Das war auf seiner Liste. Tapste er im Dunkeln? Wird sich die Sache bald auflösen? Böblingen ist nicht groß. Da spricht sich alles herum.

Der Agent setzte sich in die Hocke. Er werde eine Pause einlegen. Die Lieder wurden erneut angestimmt. Doch er hörte nicht mehr hin.

In seinem Magen rumorte es. Sein Gesicht war blass. Seine Beine weich.

War das ein Problem? Oder erst der Anfang von was Großem?

Wenn Schrecklicheres käme, was dann? Er würde mit dem Moment auskommen. Für mehr war später Zeit. Jetzt werde er aufstehen und sich am Riemen reißen.

»Die Lage ist brechend«, sprach er zu sich. »Ich werde diese Versammlung auflösen. Niemand wird mir was anhängen, wenn ich perfekt handle. Greife ein, Jonathan«, sagte er weiter.

Er erhob sich aus der Hocke und lief zwei Schritte. Durchschritt den Saal auf dem mittleren Gang. Zehn Meter vor dem Altar roch er die Dame. Totengeruch.

Er würgte. Dann kam ein Husten. Sodann fing er sich.

Ich werde euch alle hinaustreiben aus diesem Hause. Einen solchen Tod, wie ihn das Mädchen hinter sich hat, das akzeptiert kein Beamter, wie ich es bin. Sie werden mich schlagen, doch ich stehe fest. Meine Seele ist kräftig. Der Körper stabil. Was werden sie ausrichten bei mir?

Gleich war er auf den Treppen zum Altar. Und schon kamen drei Mönche herbei, mit Masken. Es waren Brutus, Serpentin und Mangold. Sie leiten die Beerdigung. Sie sahen Jonathan die erste Stufe aufsteigen. Dann erweichten seine Knie und er sackte ein. *Dass sie mich so beeindrucken? Bin ein Mann von hartem Eisen und jetzt das.*

Er zog sich an einer Erhebung hoch. Stand erneut auf den Beinen und war daran, etwas zu sprechen. Er würde eine Rede halten, bevor der Gottesdienst lief.

Seine Kehle war trocken. Kein Speichel. Null Worte. *Wenn das funktionieren möge, benötige ich ein Schluck Wasser.* Er sah sich um. Niemand trug ihm ein Glas heran.

Das hier ist schauderhaft. Ein Gräuel in meinen Augen. St. Bonifatius heißt diese Kirche und ich werde sie nie mehr vergessen. Sie hinterlässt einen tiefen Eindruck in mir. Zudem ist sie der erste Auftrag für mich in diesem Beruf. Ich werde sie mit Würde verlassen. Mit Erfolg oder ohne.

Er wandte sich um, nahm den Mittelgang. Brutus lachte ihm hinterher. *So ein Idiot*, rumorte es in dem Mönch. *Ein Fremder, der hier etwas auszurichten versucht. Und nichts erreicht. Gehe flennen, mein Freund. Du hast diese Gemeinde nicht verdient.*

Jonathan wandte sich nochmals um. Hatte er diese Gedanken gelesen? Brutus' Lacher schon. Aber ebenso was sich in diesem Kopf verbarg? Die Lage ist scheußlich unangenehm für den Agenten. So kränklich war es nie um ihn bestellt. Ein Soldat hat eine Pflicht. Er übt sie aus. Mit dem höchsten Maß an Gabe und Willen.

Das alles hatte er verloren. Sein Mut war dahin. Und seine Ausstrahlung.

Er war sich über eines sicher: Er werde kein Wort mehr sprechen und nicht *eine* kräftige

Handlung durchnehmen. Wenn er nur aus diesem Saal käme. Ohne große Anstrengung. Dann wäre es wieder phänomenal. Er würde mit seinem BMW aus dieser Stadt fahren. Daraus flüchten. Weil sein Körper nicht teilnahm. Er war eingefallen wie eine verdorrte Rose. Ein Zwerg unter diesen Leuten. Sie alle hatten die Sünde an sich. Er war unschuldig und doch ohne Macht.

Diese aber gehören zusammen. Er hatte beides nicht. Einigen steigt die Kraft in den Kopf. So war es bei Brutus.

Er gab sich gar nicht zugeknöpft. War streng genommen ein Haudegen. Und das in einer Kirche. Das schien weit entfernt. Bei dem Mönch war es nahe.

Jonathan sah ihm ein letztes Mal in die Augen. Es waren dunkle solche, mit einer Kraft, wofür sonst niemand imstande war.

Der Agent flüsterte: »Ich werde dich holen, Mönch. Der schwächste lacht zuletzt. Gib mir eine Nacht, um meine Batterien aufzuladen. Dann werde ich euch stürzen«.

Dies werden die letzten Worte sein für heute, rumorte es in Jonathan. Brutus erkannte das und nickte ihm zu. Dann nahm er eine Kerze in die Hand und entzündete sie.

Er stellte sich neben die Leiche, die beiden anderen ahmten ihm das nach. Serpentin und Mangold verbrachten Kerzen um sie herum. Der Blonde nickte dem Mädchen zu. Was Brutus nicht lobte. Er stieß ihm regelrecht gegen die Hüfte.

Jonathan sah sich den Demütigen genauer an. Waren Kräfte in ihm aufgekommen, durch die Geste des einen Mönch? Hatte der Agent Überwasser? Er würde sich aufstemmen. »Es sei möglich«, sagte er. Dann spannte er die Muskeln an und lief durch den Gang zurück zum Altar.

Halblaut kam es aus ihm: »Ich werde jetzt das Wasser zum Kochen bringen, meine Lieben.

Habe eine große Ausbildung. Ihr werdet mir folgen«.

KAPITEL 9

Jonathan durchquerte den Gang, schrie, er sei Kaufmann und Einzelkämpfer. Aber er kenne nicht nur das. Mit dem Fallschirm komme er zurecht. Die Mitglieder der Kirche sahen sich um. Erstaunt. Was war in ihn gefahren? Einer hielt Herrn Ammer am Arm, doch der Agent wand sich aus dem Griff. »Für eine Spezialkraft sind Sie übel drauf. Wo bleibt die Vernunft? Sie sind ja außer Rand und Band«.

In dem Moment tauchte Brutus eine Art Pinsel in einen Behälter. Dann spritzte er damit auf die Leiche. Er sah zufrieden aus. Die andern nickten ihm zu. Sodann sah er Serpentin zweifeln und stieß ihm in die Rippen. Er verteidigte sich und so schlug Brutus den nächsten Schlag vorbei.

Jonathan meldete sich mit einem lauten Schrei: »Ich bin hier der König. Folgt mir, mein Volk«.

Was ist in ihn gefahren? kochte es in dem Anführer der Dreien. »Sie führen sich auf wie ein Depp. Sagen Sie: Wer hat Sie überhaupt geschickt? Der Teufel«? »Nein, der Staat. Habe die Genehmigung, diese Gemeinde abzusuchen. Bis ich euch festnehme, ist nicht mehr lange. Ihr möget die Dame auf dem Altar um Vergebung bitten. Das ist das Mindeste«.

Brutus schwang mit den Händen ein Kreuz. Ein Ritual unter den Christen. Damit wurde die Solidarität mit Christi Leid vollbracht. Dies weist auf die Lehre Augustinus hin, der im 4. und 5. Jahrhundert nach Christus lebte. Der Vorsteher streckte die Brust hervor und sprach: »Gott werde uns so vor Unheil bewahren«.

»Ja, das möge er«, schrie ein junger Mann aus dem Volk. Er setzte sich und verschränkte die Hände ineinander.

Brutus hob die Arme und bat um den Segen.

In diesem Moment stand der Agent am Eingang zum Saal. Er sah in die Runde und erblickte die Gesichter des Volkes. Sie zogen Fratzen, sahen unheimlich aus. »Was zum Teufel«, sprach Jonathan aus. »Das ist nicht normal«.

Er sah die Menschen, sie schienen ihm den Satan in sich zu haben. »Das hatte ich nie. Wo gibt es denn sowas? Es ist arg um mich bestellt«.

Einer, der am Gang saß, sprach zu ihm: »Ja, so sieht es um dich aus, mein Freund«. Dann erkannte Jonathan einen weiteren Satan, in diesem Mann.

Eine alte Frau erhob sich und hakte sich bei Herrn Ammer ein, um ihn auf den Beinen zu halten.

Er bedankte sich leise. Überlegte, woher diese Art mit den Fratzen kam. In ihm rumorte es.

Er sah viele Dutzend der Leute hier an. Immer wieder dieser Teufel in den Gesichtern. Er würde sich daraus befreien. Jetzt sofort!

»Dieser verdammte Goethe hat recht. Es existiert«, sagte Jonathan. Er hatte ›Faust‹ gelesen. Mit den Sekunden wurden seine Augen müde. Er schloss sie und hielt sich die Stirn. Bückte sich und schlug mit der Pranke in den Boden.

»Ich brauche Wasser«. Er rannte auf die Toilette und wusch sein Gesicht. Nahm Papiertücher und trocknete sich die Augen. »Das ist surreal. Wenn es einen Gott gibt, dann möge er mir sagen, was hier los ist«.

Der Allmächtige antwortete nicht. Das sah Jonathan zum Zeichen, dass der Herr für ihn nicht da war. »Du warst nie da. Jetzt rufe ich erst recht«.

Wie war sein Verhältnis zu Gott? Sein Motto ist: »Ich lebe meinen Traum«.

Wird der Alleswisser ihm diese Einstellung übelnehmen? Dass er in Saus und Braus lebte? Ist das eine Sünde?

»Ich brauche dich nicht oft, heute aber schon. Schenke mir deine Aufmerksamkeit. Bin ich es nicht wert«?

Er beugte sich auf die Knie und faltete die Hände ineinander. »Ein Gebet. Das benötige ich jetzt. Unser Gott. Du bist überall. Das wird so gelehrt. Du hörst zu, wenn wir dich brauchen. Doch antworten. Das fällt dir schwer. Warum ist das so«?

Jonathan hörte eine Stimme, tief aber zaghaft. »Mein Sohn. Ich lehne immer an der Schulter der Gläubigen. In positiven und üblen Stunden. Da du Soldat wurdest, habe ich deine Person bewahrt vor Verletzung und Tod. Jetzt kommst du mir so«.

Der Agent griff an seine Waffe, die am Gürtel hing. Würde er zu weit voranschreiten und sich das Leben nehmen? *Bloß nicht. Ich werde niemals abdrücken. Das hätten diese Teufel gern.*

Er nahm Wasser und rieb sich damit den Nacken ein. Bog den Kopf nach hinten und sprach: »Heute werde ich der Sieger sein. Morgen, zuhause, werden die Wunden geleckt«.

Dann sagte er: »Dies ist kein Traum. Sondern die Realität. Ich erkenne sie an. Sie ist wahr«.

Er sah das alles für echt an. Ist der Satan real? Sämtliche Mitglieder sind wie dieser. Jonathan schüttelte den Kopf und bekreuzigte sich. Er würde die ganze Kraft des Heiligen Vaters brauchen. Und so rief er diesen an: »Himmlischer Papa. Bist du bei mir? Ich war nicht fleißig die letzten Tage wegen dieses Burnouts. Und unzumutbar bin ich ebenso. Doch vergrößere die Macht, die über diese Seelen da draußen siegt«. Er hatte ein Lächeln auf den Lippen. »Ist das die göttliche Kraft, die ich in mir vernehme? Danke lieber Allmächtiger«.

Er schritt aufrecht durch die Toilettentüre. Begab sich zum Eingang des Saales. *Jetzt bin ich kräftig. Meine Muskeln und*

Knochen. Überall Energie in mir. Besser wird es nicht mehr. »Danke großer Gott. Fühle mich phänomenal. Wenn es so bleibt, dann werde ich zu dir beten. Für alle Tage«.

Da er die Türschwelle zum Saal überschritt, sah er in den Raum. Was er vorfand, erstaunte ihn. »Was ist denn hier los? Das ist sonderbar«.

KAPITEL 10

Er sah sich um. Die Lichter leuchteten. Drangen in seine Augen. Die Leute schauten arg drein. »Nicht schon wieder. Dieser Gott ist sonderbar.

Zuerst gibt er mir ein Gefühl von Kraft. Jetzt sehe ich erneut Dämonen in dieser Kirche«.

Er schlug einer Dame mit der Faust ins Gesicht. Schubste einen älteren Herrn. Ein anderer erhob sich. In diesen haute er ebenso rein.

Ich werde diese verfluchten Dämonen in die Hölle schicken. Nehmt das. Er packte einen am Kragen. Schlug dann auf Weitere ein. Vier Personen lagen am Boden. Der Rest begab sich auf den Weg nach draußen.

Herr Ammer sah sich selbst nicht schuldig. Hier hatten Wesen aus der Unterwelt ihre Finger drin. Lachten seines Gleichen aus. Er schritt über den Gang. Brutus sah ihn nahen. Dieser war der Meinung, seine Gemeinde sei unschuldig. Und Jonathan wüte hier wie ein Teufel.

Brutus sah zu Serpentin hinüber. »Schnappe ihn dir. Er wird hier nichts mehr ausrichten«. »Du schreitest zu weit vor«, sagte sein Freund. Der Chef nahm das zunächst hin, sprach dann Mangold an.

Dieser umfasste Jonathan. So rief er: »Du verfluchter Gegner Gottes. Du bist niemals von der Kirche. Du bist vom Staat, welcher uns ausspioniert«. Der Verteidiger nahm ihn an der Kehle und schubste den Mönch zurück.

Brutus versuchte etwas, legte dabei seine rechte Hand auf die Stirn Jonathans. Brabbelte ein paar Worte: »Ich lege dir die Pranke auf, wie in der katholischen Kirche. Wir nutzen diese Technik und alle hier schwören darauf. Wartet. Ich habe eine Vision. Herr Polizist hat schreckliche Bilder. Ich werde sie dir nehmen«.

Dann schrie Brutus: »Unser Gott möge dich bewahren vor deinen furchtbaren Augen. Du siehst Unrecht. Der Allerhöchste reibt dir die Pupillen rein«. Eine Kraft durchdrang Jonathan, der jetzt zuckte. Sodann drehte sich sein Kopf. Er brachte sich in die Hocke, dann legte er sich auf den Rücken. Serpentin hob ihm die Beine hoch. Der Agent ließ es geschehen. Er kannte diese Art von Hilfe.

Der Mönch flüsterte Herrn Ammer zu: »Bleiben Sie jetzt still. Was hier geschieht, ist nicht normal. Legen Sie keine weiteren Kohlen in die Flamme«.

»Welches Feuer«, schrie Jonathan. »Sehen Sie es in mir lodern? Ist es so«?

Serpentin erschrak. Der vermeintliche Polizist sprach hier wirr. Hatte ein Fieber ihn erfasst? Und sah der Mönch einen Gesunden vor sich oder nicht? »Sie werden mir recht geben«, sagte der Kranke. »Dieser Dicke hier ist seltsam«. Dabei zeigte er auf Brutus, der nur lächelte.

Serpentin rubbelte Jonathans` Hände. Immer weiter. So kam das Blut wieder in die Arme. Sodann rieb er den ganzen Körper des Agenten. Würde das helfen? Er war sich sicher, das würde es. Und da ist etwas wie ein Funken in Herrn Ammers Gesicht.

Jonathan fragte: »Sind Sie denn auf meiner Seite? Serpentin nickte. Drückte des Agenten Hand fest. Dieser flüsterte ihm zu: »Helfen Sie mir. Ich bin allein auf weiter Flur«.

Der Mönch ließ sich von Brutus auf die Schulter klopfen. »Mein Bruder hier ist hilfsbereit, wie ich es bin. Sehen Sie Dämonen? Ist das Ihr Problem«?

»Ich habe keinerlei Schwierigkeiten. Komme klar«. Dann schaute er zu Serpentin, den er um Hilfe bat.

Jonathan log hier, um keine Schwächen zu zeigen. Und der Helfer überdachte es. Wie viele hier im Saal würde er auf diese Seite bringen? Brutus war ihm nicht geheuer. Vorhin gab es Streit. Umso mehr war das nicht alles verrückt.

»Ihr Blut zirkuliert jetzt«, sagte Serpentin. »Stehen Sie auf. Es wird überstanden sein. Ich wette das«.

Jonathan flüsterte: »Sind denn Glücksspiele hier erlaubt? Ich meine, Sie werden doch nicht so wild sein, oder«?

Serpentin hörte hin. Lächelte Brutus an, der das, Gott sei Dank, nicht vernommen hatte.

Der dicke Mönch sprach: »Mein Handauflegen hat geholfen. Wäre ja gelacht, wenn solch ein altes Ritual nichts nütze.

Ich habe Ihnen den Dämon ausgetrieben«. Wo Jonathan denn vernahm, dass die anderen den Teufel in sich führen. War die Realität das Gegenteil? Brutus sah diese Wahrheit. Der

Agent war es, der einschlug wie ein Tölpel. Die Gemeinde ist friedlich. Für Herrn Ammer lag es offen da: Er war sensibel und sah so, was los ist. In ihm rumorte es: *Dieser Brutus sieht es nicht. Ist nicht möglich für ihn.*

Jonathan drehte seinen Kopf nach links und rechts. Waren die Gelenke in Ordnung?

Brutus sah ihn durchdringend an. Hob zwei Finger und versuchte, in Erfahrung zu bringen, was Jonathan hier sah. Jener schaute hin und meinte dann, vor ihm sei alles verschwommen. »Keine Ahnung. Fragen Sie was anderes«. Frech war er heute.

Brutus lachte ihn aus. »Dieser Herr hat den Verstand verloren. Er sieht nichts. Wird er jetzt blind oder taubstumm«?

Serpentin schrie: »Er ist keines davon. Er ist gesund. Wir haben ihn verdorben. Mir scheint, alle schlagen auf ihn ein«.

Dieses Mitglied hatte ein Herz. Er sah das Schreckliche nicht. Und er nahm Herrn Ammer für voll.

»Dieser Mann braucht unsere Zuneigung, nicht den Hass. Wenn hier etwas schiefläuft, dann werden wir es ausräumen. Brutus, was sagst du zu meinem Vorschlag«?
»Liebe ist ein Weg«, antwortete er. Legte dabei seine Hand auf Jonathans Scheitel und streichelte ihn.

Serpentin meinte: »Wenn ich es nicht anders wüsste, dann hat Brutus hier Zuneigung zu Herrn Ammer«.

KAPITEL 11

Serpentin rubbelte Jonathans gesamten Körper. Blut müsse in die Laufbahn. Und so sei es möglich. »Beruhigen Sie sich. Es wird gleich besser. Wasser, bringt ihm solches«. Eine tüchtige Frau kam mit einem Glas und reichte es dem Agenten. Er lehnte ab. Es sei Gift darin. Nichts anderes.

Dass jemand in Europa vergiftet wird, scheint unwahr. Die Römer? Ja. Oder die Russen heute? Schon mal. Doch Deutschland ist frei.

Die Dame packte Jonathan am Nacken und flößte ihm das Wasser ein. Da es geschehen war, schmeckte der Agent und sprach: »Ja. Sie haben recht. Es ist kein Gift. Schlichtes

Mineralwasser. Vergeben Sie. Da stimmt etwas nicht mit mir«.

Jetzt schritt Mangold vor die Gemeinde und fragte den Herrn Ammer nach dessen Beruf. Jonathan sprach in diesem Moment die Wahrheit. Er sei Agent des deutschen Staates. Er sagte es frei heraus: »Ich wurde geschickt, weil Nachbarn Schreie hörten. Das ist die Erklärung«. Brutus wiegelte ab. Es funktioniere alles. Und sie wären friedlich. Ein jeder hier. Eine gewisse Annegret stellte sich vor und gab von sich: »Diese Kirche hat nur Gottes Plan auf dem Schirm. Entschuldigen Sie sich bitte. Hier ist nichts Unmoralisches. Die Sache ist klar wie Brutus` Herz«.

Aus Jonathan kam ein Lacher. Dieser Mann war seiner Meinung nach ein Treiber dieser Hetzjagd. Der Agent war nicht sicher. Lag er falsch?

Annegrets Ehemann versicherte, seine Frau spräche die Wahrheit. Eine Lüge käme ihr nie in den Sinn. Der Agent sah arg drein. Er lag doch nicht falsch? Dann hob er sich quasi in die Lüfte. »Ich werde nicht wegen nichts hergeschickt. Da ist was passiert. Ich werde mit weiteren Informationen kommen. Wenn Beweise auf dem Tisch liegen. Sie haben einen Vorsprung. Doch er schmilzt«.

Dann erhob er sich körperlich. Würde jetzt von der Kanzel sprechen. So, dass alle ihn hörten. Mit einem Mikrophon vor der Nase. So nahm er die Stufen hinauf und stand breitbeinig und stabil vor der Gemeinde.

Der Techniker schaltete den Ton lauter. Werden immer mehr Personen Jonathan folgen? Erst Serpentin, dann dieser hier? Der Agent rückte das Mikro zurecht. Er sprach: »Liebes Volk St. Bonifatius. Halten Sie es für normal eine nackte Leiche zu beerdigen? Gibt es keine Pietät hier bei euch? Das ist grauenvoll. Eine Szene wie aus dem Horrorfilm zeigt sich mir. Wer vernimmt es wie ich? Niemand in dieser Gruppe?

Versteht. Es ist bizarr das hier zu sehen. Das gibt es doch nicht. Dazu sind Striemen auf der jungen Frau zu erkennen. Habt Ihr der Dame das zugefügt? Oder kam sie so herein? Wer hat sie dann gebracht? Ihr seht, es ist ein Geheimnis. Ich werde es lüften«.

Brutus lachte, kam zur Kanzel und sprach: »Mein Freund. Agent Ammer. Sie haben sich hier Zutritt verschafft. Sind nicht Mal von der Kirche. Haben Sie Beweise«? »Habe eine Ahnung. Öffnen Sie sich für mich oder stoße ich auf Granit? Sehen Sie: Die Dame liegt nackt auf dem Altar. Wurde ausgepeitscht. Und starb. Wenn hier etwas dran ist, dann haben wir einen Mord. Packen Sie Ihren Kragen und ziehen sich aus dem Sumpf. Am besten jetzt gleich«.

Der Mönch nahm das Mikrophon aus der Halterung. »Sie sind auf dem Holzweg. Ohne einen Beweis sind Sie lieber still, ja«?

Er schubste Jonathan zur Seite. Breitete seine Arme auf dem Pult aus. Der Agent kannte Gewalt, sagte sich aber: *Ich werde nicht immer kämpfen. Nicht körperlich. Geistig schon, ja. Da knie ich mich rein. Möge er doch seine Rede halten. Meine liegt hinter mir.*

Somit duckte er sich weg. Gewalt ist der falsche Pfad. Er war Soldat, jetzt ein Agent. Das deutete auf Kampf hin. Doch er war schlau und hielt sich zurück.

Er kombinierte. Was hatte er vor Augen? Sah er die Realität? Ein Gesandter wie er beherrschte das. Aber er war neu dabei. Würde sich vorantasten. Wie ein Fuchs im Wald.

Hier liegt Gefahr in Verzug vor. Darüber bin ich mir im Klaren. Wären doch nur einige mit mir. Von den Leuten hier ist nichts herauszuholen. Der Innenminister aber hat mir einen Brief mitgegeben Wo habe ich ihn nur? Er griff in sein Jackett. Von da zog er einen Zettel in DIN A 4

Norm hervor. Was stand darauf? Las er ihn zuerst für sich? Oder wird er dieses Blatt laut vorlesen?

Zuerst eine Einleitung, lag es in Jonathan. »Sie reden sich da nicht heraus. Habe Ihre blöden Lieder schon kapiert. Sie sind deutlich. Diese Gemeinde ist hart wie Stahl. Ich habe diesen Brief« ... er wedelte damit herum. »Den möge man öffnen, wenn etwas Arges hier vorgeht.

KAPITEL 12

Er las aus dem Brief: »Die Kirche St. Bonifatius hat Tote zu beklagen. Wir haben sie auf dem Schirm. Unweit der Gemeinde verschwinden junge Frauen. Wenn Sie, Herr Ammer, Leichen auffinden, dann schlagen Sie zu.

Sie werden sich eine Kraft aus Stuttgart hinzuziehen. Der Kontakt steht unten. Wenden Sie sich an einen gewissen Bruce Stengel. Er ist in ihrem Alter und wartet schon auf Ihren Anruf. Wenn unsere Theorie stimmt, wird er eine Hilfe sein. Und ein zweiter Mann schadet bei einem solchen Fall nicht.

Seien Sie offensiv gegen diese Leute. Wenn dies stimmt, dann haben wir hier eine kopfverdrehte Gemeinde. Drohen Sie da nötig. Ich hoffe, Sie haben eine zweite und dritte Knarre dabei. Vermutlich hat dort keiner eine Waffe. Sicher bin ich mir nicht. Die Lage ist schon lange brenzlig. Wir schlagen zu und hebeln diese Kirche aus.

So ist das«, sprach Jonathan zu den Versammelten. »Sie alle haben demnach Dreck am Stecken. Reden Sie sich nicht heraus. Der Innenminister hat ein Auge auf Sie geworfen. Ich bin sein verlängerter Arm. Und greife von jetzt an hart zu«.

Der Agent sprach offen auf sie ein mit einer enormen Gewalt. Sie werden sich nicht mehr in Sicherheit wiegen. Das ist ihm klar. Seine Stimme hatte er im Beruf des Soldaten geübt. Da war er Hauptfeldwebel. Sie müssten ihn fürchten. Denn er hatte zwei Pistolen am Körper. Eine lag im Handschuhfach. Die vierte schlummerte in seiner Reisetasche. Munition war da. Und wenn schon. Unweit gab es einen Waffenladen.

Eine, die er am Körper trug war seine Walter. Jene bekam er vor kurzem. Ein Soldat benutzte so etwas nicht. Ein Agent schon.

»In diesem Brief steht geschrieben, wie ich hier vorgehen möge, liebe Versammelte. Die Lage ist prekär. Die Leiche brutal zugerichtet. Das spricht gegen Sie. Ich bin sicher, Sie verstehen, wie ein Agent das meint. Von einem natürlichen Tod ist hier keine Rede. Ich kenne verschandelte Soldaten. Die junge Dame ist arg getroffen worden. Ich hätte gerne mit ihr gesprochen, kurz vor ihrem Ableben. Sie haben das verhindert, durch das Vorgehen in den letzten Stunden. Sie wird geschrien haben wie die anderen, wie es in dem Brief steht. Nachbarn hörten die Schmerzen durch die Wände dringen. Und ich sehe sie an ihrem Körper. Die Dame hat das nicht verdient. Habe ich recht«?

»Ja, haben Sie«, meinte Brutus. Er gab sich neunmalklug. »Niemand möge so sterben. Ich erkenne die Striemen wie Sie. Wir waren es nicht. Haben letzten Monat keinen Mord begangen«.

»Was war denn vor vier Wochen, wenn Sie das ansprechen«? fragte Jonathan. »Nichts weiter. Es ist nur ein Beispiel. Sie packen mich hier am Sack, Herr Ammer. Das bin ich nicht gewohnt. Halten Sie sich zurück oder wir fahren schwere Geschütze auf«.

»Davon gehe ich aus«, sagte Jonathan. »Sie haben das doch schon mit der Achtzehnjährigen wahrgemacht. Aber ich habe harte Bandagen. Das halten Sie nicht durch. Ich war Soldat und bin Agent. Und bin froh, einen schlauen Verstand zu haben. Ich kombiniere mich da schon durch. Der Innenminister hat Sie im Auge und ich ebenso. Sie kommen nicht davon«. Brutus wütete: »Was ist Ihr verdammter Auftrag«? Jonathan zwinkerte ihm zu. Er hatte den Mönch am Sack gepackt. »Meine Mission ist es, die Mörder hinter Gittern zu bringen. Das ist die Vision und ich werde dieser nachgehen«.

Serpentin schaltete sich ein. Kam zum Mikrophon und sprach hinein: »Ja, die Lage ist heikel. Ich bin niemals ein Kumpel von Brutus. Das vernehmen Sie doch bitte. Ich bin nicht Feind und kein Freund für Sie, Herr Ammer. Werde die Kirchenbrüder nicht anklagen. Wer ohne Sünde ist, der werfe den ersten Stein. Ich bin es nicht. Vergeben Sie, Jonathan. Mir und jenen, die hier solche Lieder singen. Mehr bekommen Sie nicht heraus«.

»Und ob ich das werde«, sprach der Agent. »Wird meine Meldung eingehen, werden heute zwei Dutzend Polizisten hier auftauchen. Diese stellen die Kirche auf den Kopf. Von oben bis unten. Keiner wird jetzt Beweise verstecken. Gleich ist die Verstärkung da«.

Er bluffte ungemein. Hier wird außer Herrn Bruce Stengel niemand sonst auftauchen. Es sei denn die Lage gerät aus den Fugen. Dann würde er einige Teams rufen. Stuttgart würde ihm helfen. Ein Anruf reichte aus. Es rumorte in

Jonathan. Er war neu in dem Beruf. Hatte aber Gedanken wie ein Großer. Er würde alles einsetzen, um den Fall zu lösen.

»Ja, liebes Volk. Eine Meldung per Smartphone genügt schon. Und Sie sitzen in Untersuchungshaft. Keine Frage. Ich habe die Hand am längeren Hebel. Und setze ihn ein. Wer sich jetzt auskotzen wird, trägt eine mildere Strafe davon. Die Mörder aber sind der lebenslangen Haft zuzuführen. Das ist klar und deutlich. Möge jeder darüber Bescheid wissen«. Es raunte im Saal. Einige Dutzend Leute hatten ein Gewissen. Und dies spielte Jonathan in die Karten. Er würde doch Hilfe von innen bekommen. Aus dem Kern der Gemeinde. Die sangen, waren ebenso schuldig. Ein Zeuge, der schweigt, ist gleichermaßen sündig. Das war dem Agenten klar. Ist ihnen bewusst, dass sie einer Auflage zugeführt werden? »Wer ohne Mucks zu mir an die Seite kommt, der wird eine kleine Strafe erhalten«. Zwei Dutzend Leute schritten durch den Gang zu Jonathan hin. Er freute sich ungemein. Seine Schmerzen innerlich und äußerlich hielten sich im Zaun. Er war fidel und aggressiv. Ein jeder möge das erkennen. Dann würde er den Sieg davontragen.

Er zeigte sich mit breiter Brust. Das war jetzt notwendig. Einer nahm das Zepter in die Hand. Und das war Jonathan Ammer selbst.

»Sieh nur, Brutus. Sie werden euch verraten. Heute Abend werden Sie dich stürzen. Deine Zeit ist vorbei. Der Widerstand gebrochen. Was sagst du jetzt? Ist dir klar, wo du hier stehst«?

KAPITEL 13

Eine Frau, die sich auf eine Bank stellte, nahm das Zepter in die Hand und sprach: »Wenn die Bullen kommen, ist das kein Problem. Gott steht zu uns. Hundertfünfzig sind wir an der Zahl. Und gewinnen jede Schlacht. Wer gegen uns kämpft, ist nicht mit dem Allmächtigen. Er wird dich nicht verschonen, Agent 007. Heute kommt deine Verstärkung? Wie viele sind es? Fünf? Zehn? Wir sind die Auserwählten des großen Schöpfers. Er versorgt uns mit Geld und Geistigem. Wir sind anders denn jede Gemeinde dieses Landes«.

Jonathan schwitzte. Was geschah erneut mit ihm? Zuvor war er kräftig. Jetzt bekam er weiche Knie. Er sah sich die Dame an, vernahm ihre Worte. Vielmehr ihre Ausstrahlung.

Die Frau, die auf einer Bank stand, fuhr fort: »Alle anderen sind ein Tropfen auf dem heißen Stein. Wir sitzen schon in der Sauna. Und uns ergeht es vortrefflich«. Sie holte mit dem Arm aus, sprach weiter: »Unsere Prediger hier ...«, sie zeigte auf die erste Bank, »zehn an der Zahl, geben uns Worte der Weisheit und des Glaubens. Sie sind Werkzeuge Gottes, welcher durch sie spricht«.

Die Dame, die vorhin Wasser brachte, sah Jonathan übel dreinschauen. Sofort schenkte sie ein weiteres Glas ein und rannte damit zu dem Agenten. Dieser nahm es entgegen und schluckte es in drei Zügen. Was war mit ihm? »Gott im Himmel«, sprach Herr Ammer. »Der Schwindel ist vergangen. Aber ich sehe ... «

Die Dame mit dem Wasser umarmte ihn, klopfte mit der Handfläche seine Backen. »Sie sind benommen. Ich bringe ein weiteres Glas«. Schnell schaffte sie mehr Flüssigkeit heran. Dieses schüttete sich Jonathan über den Kopf, senkte dabei diesen und brummte wie ein Rohr.

Er wird die Sache hinter sich lassen. Aber wann? Und wie? Mit Wasser? Würde er etwas essen?

Er sah unvermittelt die Dame an, die auf der Bank stand. Sie hatte einen schwarzen Schweif über dem Kopf. Der Agent sah das deutlich. *Wie ist es möglich, dass meine Wenigkeit das sieht und keiner sonst? Leute. Was sagt Ihr? Hat unsereiner Halluzinationen? Bin ich schräg drauf oder ist das hier die Realität, die normale Menschen nicht erkennen?*

Diese Gedanken schwirrten in ihm. Weitere kamen auf. *Bin froh, dass ich anders bin. Fast vierzig Jahre hat meine Wenigkeit im Dunkeln gefischt. Jetzt vernehme ich die Welt, wie sie im Ganzen ist. Es ist mehr in der Luft denn nur unsichtbarer Sauerstoff. Ich atme und sehe ihn nicht. Dennoch ist er da.*

Jonathan hatte eine Vorahnung. Rannte zu der Leiche auf dem Altar. Er wird sich jetzt versichern, dass die Achtzehnjährige wahrlich die Striemen hatte. Er zweifelte daran. Dann streichelte er die Verstorbene an ihren Narben auf der Brust. Folgte mit dem Finger den Linien, die mit Peitschenhieben geschaffen wurden. Er vernahm, wie tief sie waren. Rot von Blut. Welches da ausgetreten war. »Es ist wahr. Sie ist geschlagen worden bis in den Tod. Von wem kam es? Sagt es mir«.

Jonathan legte seinen Oberkörper auf die Leiche. Umarmte sie. »Sie ist unschuldig. Ich bin sicher. Wer von euch ist so bizarr, diese Frau hier nackt liegen zu lassen. Ich trage sie weg. Helft mir«. Er zeigte auf zwei der Prediger. Sie eilten sofort herbei und packten mit an. Sie nahmen die Leiche und legten sie auf den Boden. »Einen Sarg. Bringt uns einen. Sie ist mehr wert denn das. Wer ein bisschen Gewissen hat, der bringe ihn hierher, vor den Altar«.

Die beiden Prediger schienen Jonathan geläutert. *Es ist Brutus, nicht diese. Sie sind hilfsbereit. Werde sie nicht anklagen.* »Jeder, der uns hilft, wird verschont. Gott ist ebenso auf *meiner* Seite. Oder werdet Ihr mir das nehmen? Ich bin gläubig. Was, wenn der Allmächtige mich mehr liebt denn euch«?

Die beiden Helfer brachten einen Sarg. Stellten diesen neben das Opfer. Und legten es hinein. Jonathan lobte sie: »Hier beweist Ihr Mut. Ich lobe euch. Die Groben werden weich. Das ist vorzüglich. Die anderen sperre ich ein«.

Brutus meldete sich zu Wort. Er hatte eine Weile geschwiegen. Jetzt wird er eingreifen. »Hier wird keiner eingesperrt. Bevor das geschieht, werde ich Sie in den Kerker werfen«. »Sie haben einen solchen Raum nicht. Und die Macht über mich obliegt Ihnen ebenso nicht. Gott ist ab sofort auf meiner Seite. Wer spricht sich dagegen aus? Jemand unter den Predigern«? Diese zehn schwiegen allesamt. Ein Gewissen hatte sich eingeschlichen. Eine Trauer darüber was in diesem Gemäuer geschehen war. Sie erhoben sich und traten in der Gruppe vor das Mikrophon. Einer sprach: »Wir sind die Redner dieser Kirche. In dem Amt werden die Brüder jetzt sprechen und nicht schweigen. Der Agent scheint mir mehr zu erkennen denn wir alle. Ich selbst bin blind. Brutus möge hier Stellung nehmen zu den Vorgängen in der Gemeinde. Er ist einer der drei Anführer. Damit haben Sie Verantwortung: der Genannte, Serpentin und Mangold«.

Brutus schnappte sich das Mikrophon. Lief auf und ab. Dann sprach er: »Ich habe eine Vision. Demnach schlägt der Agent auf Dämonen in diesen Mauern ein. Wir haben hier keine argen Geister. Er sieht nicht die Wahrheit. Herr Prediger verstehen Sie, Halluzinationen stehen auf seiner Seite. Wir haben hier die Realität. Er nur eine Psychose. Vertraut mir. Bin sicher, dass es so ist«.

Einer der zehn verlangte das Mikrophon von Brutus. Dieser übergab es ihm und schmunzelte. Er ist sich gewiss, die Menge zu sich zu ziehen. Doch war es so? Der Prediger sprach: »Die Propheten sahen mehr denn das gemeine Volk. Wir sind diese Gruppe. Herr

Ammer ist der Weissagende. Der alles erkennt, was in beiden Welten geschieht.

Er ist der Jesus, der hierher gesandt wurde. Um uns die Wahrheit zu verkünden. Dass wir falschliegen. Wie Jäger, die zum Spaß einen Löwen schießen.

Wir sind die Täter. Er der Geistige. Diese Versammlung ist schuldig. Er aber ist frei von Sünde«.

KAPITEL 14

In diesem Augenblick strahlte es auf den Altar, worauf die Leiche lag. Licht, kein Sonnenlicht. Es war ja schon dunkel draußen. Nein, dass hier kam von Gott, hatten viele Anwesenden im Kopf. »Der Allmächtige«, sagte Brutus und begab sich auf seine Knie. Da die beiden anderen Mönche das sahen, waren sie ebenso auf dem Boden. Mit ineinander verschränkten Fingern. Wie zum Gebet.

Jonathan hob die Arme. Mit dem Einfall, dass dies für ihn war. Der Strahl kam demnach von oben durch den Raum. Die Leiche war das Ziel. *Ein Zeichen von Gott. Jetzt wird er es ihnen heimzahlen. Wie lange hatte er gewartet? Monate, Jahre? Es ist geschehen. Der Alleswisser mischt sich ein.*

Brutus sprach folgenden Gedanken aus: »Ja, der Allmächtige nimmt uns wahr. Gibt uns dieses Licht. Damit wir ihn weiter anbeten. Lasst die Gruppe ins Gebet kommen«.

Da das Volk sich erhob, und ein jeder seine Worte flüsterte, war der Anführer sicher. Er lag genau auf der Linie. Das Thema, klar. Die Leiche war der Grund für das Licht. Gott nahm Aura an.

»Wir sind froh, dass der Allmächtige uns hört«, sagte Brutus. »Jetzt ist mir bewusst, dass wir das Volk des Alleswissers sind«. Der Prediger, der vor der Kanzel stand, sprach: »Ein Zeichen hin oder her. Wir sind schuldig. Gott nicht auf unserer Seite«. Brutus wurde wild und puterrot im Gesicht. Das lasse er nicht mit sich geschehen. »Mein Wort ist wahr, Bruder. Wie sagst du, er ist nicht mit uns. Da wir täglich beten. Überdenke deine Rede. Sie ist schauderhaft. Nach dir haben wir Gott nicht bei uns. Was ist dann mit dem Lichtstrahl«?

Der Prediger sah in den Strahl. »Ja, ein Zeichen ist es. Dennoch: Was bedeutet es«? Jonathan mischte sich ein. Er war in diesen Minuten stets von Dämonen umgeben. Hundertfünfzig an der Zahl. Er brabbelte: »Gott hat etwas gegen euch. Dieses Licht ist eine Einladung. Zum Gottesdienst ohne eine Leiche. Es ist für mich angedacht. Damit ich auf ihn vertraue bei dem Fall. Wer meine Stimme vernimmt, der möge überlegen, was ich sage«.

Eine Dame erhob sich und sprach: »Wie sagst du das so undeutlich? Ein Dämon ist in dir. Der die Worte mit Chaos versieht. Alle hören das Elend auf deinen Stimmbändern. Setze dich und sei brav. Du bist sonderbar«.

»So anders wie Jesus Christus«? fragte Jonathan und nahm die Stufen von der Kanzel hinunter. Er sprach jetzt lauter: »Hat er nicht Geister ausgetrieben? Ich sehe solche. Warum ist unsereiner dann schräg und der Heiland ein Held? War Gottes Sohn nicht ebenso durchtrieben? Ich erkenne Dämonen. Sage es frei heraus. Hätte Jesus sie nicht gesehen, wie hat er sie weggeschickt? Ich bin Agent und Prophet zur selben Zeit. Die Lage scheint dies zu bestätigen«.

»Nein, sie ist fahrig«, sagte ein Mann aus dem Hinterhalt. Er vernehme, dass hier Sonderbares geschieht.

Leute erkennen all das. Dazu ist kein Prophet nötig. Sie haben Gespür und Vision. Heute ist das normal. Ja, Dämonen zu sehen ist verrückt. Doch so ist Jonathan. Durchgeknallt wie viele, aber mehr denn das.

Er hatte jetzt eine Ahnung. Sah in das Licht. Verdeckte dabei ein Auge. Sodann erkannte er: »Meine lieben Leute. Das Zeichen ist ein Scheinwerfer. Jemand hat ihn eingeschalten. Ich sehe es da oben deutlich«.

Der Techniker wähnte sich angesprochen. Sprach in sein Mikrophon: »Verzeiht mir. Das war nicht mein Anliegen. Es ist nur dunkel hier drin, seit die Sonne eben untergegangen ist. Ich schalte es aus, wenn es euch stört«.

Brutus wurde fuchsteufelswild: »Du Narr. Was hast du vollbracht«? Serpentin sprach: »Und es ist doch ein Zeichen von Gott«.

Der übellaunige Mönch sagte: »Wie stammt das vom Allmächtigen? Es ist nur ein Scheinwerfer. Der Techniker ist schuld. Meine Lieben. Warten wir auf etwas Anderes«. »Worauf denn«? fragte Serpentin. »Bis die Leiche in den Himmel auffährt? Vor unseren Augen? Das versuchst du, oder«? Mangold sagte: »Wer nichts sieht und Gott doch erkennt, ist selig«. »Papperlapapp«, kam es aus Brutus Mund. »Bin heilig, wenn ich des Herrn Wort aus der Bibel hier auslebe. Alles nach den Schriften der Propheten. Sie sind unsre Vorfahren. Wir treten hiermit das Erbe an«.

Jonathan wankte ein wenig. Er war nicht sicher, was das Zeichen anbetraf. *Verdammt mögest du sein, Brutus. Stellst dich hier zum König auf. Nach der Bibel werde er leben? Ich lache darüber. Es ist eine andere Generation. Die Zeiten von früher sind vorüber.* »Liebe Mitglieder«, so der Agent.

»Modernisiert die Schriften. Das seid Ihr dem Alleswisser schuldig. Hat er hier nicht ein Wunder vollbracht, indem er hundertfünfzig Menschen an diesen Ort brachte? Was sagt Ihr? Werdet Ihr zum Beispiel die Notlüge anerkennen? Sie ist heute da draußen normal. Gebt euch einen Ruck«.

Serpentin schaute zu Brutus. Dieser blieb stillstehen. *Gott sei Dank. Unser Anführer schweigt. Jonathan ist mir ans Herz gewachsen. Ich verstehe ihn und er mich. Mehr verlangt er nicht von mir.*

Brutus hob die Arme zum Gebet. Das hatte niemand erwartet. »Mein Gott, du hast uns verlassen. Komme zurück. Nimm die furchtbaren Worte der Brüder nicht ernst. Sie phantasieren gerne. Hörst du mich, Alleskönner? Ich bin auf deiner Seite. Sei ebenso für die Anführer da. Ich halte die Gebote. Wer wird mir das verübeln«?

»Verdammt«, so der Agent. Er verließ den Saal durch den Seitenausgang und schrie in die frische Luft: »Ich rufe mir Verstärkung. Dieses Theater hier ist beschissen«.

KAPITEL 15

Jonathan fuhr vor ein Hotel-Restaurant mit dem Namen »Zum Reussenstein«. Das Gebäude war hell, eine verkleidete Pergola ist von außen zu sehen. Darin setzte sich der Agent an einen Tisch. Sah sich um und wartete. »Hauptkommissar Bruce Stengel. Das ist sein Rang und der Name. Wie sieht er denn aus? Werde ich ihn erkennen«?

Er rutschte mit dem Po über einen gepolsterten Holzstuhl. Wird er Geduld haben? Der Polizist käme aus Stuttgart. Von der Landeshauptstadt. Der Weg ist nicht weit bis nach Böblingen. Da war Jonathan zuvor aus Berlin länger gefahren. Für den Agenten sind solche Trips angenehm. Er liebt es, zu fahren.

Kein Urlaub aber im Dienst. Und dies war ein horrend bezahlter Fall.

Er bestellte sich ein Glas Bier. Export. Darin versank er gerne. Zum Autofahren wird es schon reichen. *Mit 1 Promille wird es funktionieren. Schlafe heute Nacht und bin morgen früh nüchtern.* Zehn Stunden ruhen werden ihn fit werden lassen.

Da Bruce Stengel, in Zivil gekleidet, vor ihn trat, bemerkte er den Schnauzbart. Er war im Alter von Jonathan. Mit den Haaren im Gesicht wirkte er nicht so jung.

Der Agent reichte ihm die Faust zum Gruß. Corona war nicht besiegt. Herr Ammer wird sich da nicht anders verhalten, denn alle Menschen zu dieser Zeit. Der Hauptkommissar gab seinem Gegenüber die Hand zurück. Setzte sich und sprach: »Sie haben mich angerufen. Womit rechnen wir in diesem Fall? Gibt es schon Tote? Verletzte? Und wie werde ich da vorgehen«?

Jonathan streichelte über seine Oberlippe. »Es handelt sich hier um eine nackte Frau. Im Alter von achtzehn Jahren. Sie lag auf einem Altar in einer Freikirche. In dieser Stadt. Wir werden jetzt hier einchecken, aber vorher bitte ich um Ihren Rat. Was halten sie hier von? Gibt es Zeichen, die auf etwas hindeuten«? »Das frage ich Sie, Herr Ammer. Irgendwelche Anhaltspunkte? Näheres zu der Frau oder dem Altar«?

Jonathan wirkte nervös: »Was ist mit dem gottverdammten Block aus Stein? Sind Sie religiös? Atheist? Ich bin beides, da Sie mich fragen. Was ist so wichtig an dem Altar«?

Der Hauptkommissar sah angepisst aus. »Nur die Ruhe, mein Freund. Wenn der Stein hergerichtet ist, reden wir von einem Ritual. Mit der Darbietung eines Menschen werden Geister oder ein Gott angerufen. Damit verspricht sich die Gemeinde etwas. Folgen Sie mir, Herr Ammer? Ist das schon zu hoch«? Jonathan konterte: »Was heißt hier, es sei zu groß für mich? Ich kenne die Bibel ein wenig und hatte Kontakt mit Muslimen. Was Sie hier vorbringen, ist dennoch eine Art Profession«.

Bruce Stengel hob die Brust. Er habe sich auf Religiöses spezialisiert. »Das ist mir eine Berufung und eine Passion«.

Jonathan habe vorbildlich gehandelt.

Der Agent staunte, da er jetzt das Fachgebiet von Bruce erfuhr. Er sprach: »Sie werden mir eine Hilfe sein, Herr Polizeibeamter. Wenn wir hier zusammenarbeiten, wird der Fall schnell gelöst sein. Dass ein Opfer vonstattengeht, sieht man nicht häufig«.

»Sie haben es gesehen«? fragte der Polizist. »Den Mord nicht, aber die Folgen schon. Die Dame hat Schläge mit einer Peitsche erhalten«.

Bruce hob seine Augenbrauen. Eine solche Waffe ist selten. Jonathan erkannte des Kollegen Ausdruck und sagte: »Seien Sie versichert. Ich bin schwer bewaffnet und hole Sie da raus. Wird etwas Arges geschehen, bin ich auf Ihrer Seite«.

Herr Ammer ließ damit Bruce in Sicherheit wiegen. Dieser hatte ein halbes Dutzend an Waffen dabei und sagte: »Kein Problem, Agent 007. Ich bringe Knarren und jede Menge Patronen mit. Wird Ihnen mal die Munition ausgehen, ich bin auf Ihrer Seite«.

Jonathan sprach sicher: »In der Stadtmitte steht ein Waffenladen. Da werde ich nicht ohne Kugeln sein«.

Sie werden den Ball flachhalten. Hatten sich eben zu arg aus dem Fenster gelehnt. Dies war eine ernste Sache. Sie werden sich da rein arbeiten und der Agent würde ehrlich sein. Wie ein offenes Buch. Ein Bestseller.

Er versuchte, von den Mitgliedern der Kirche zu berichten. Welchen Anteil hatten diese am Elend der Frau? Seine Augen sahen das deutlich. Sie lebten gegen den Rechtsstaat. Und sie werden ihr Vorgehen büßen. Bruce grübelte:

Es ist laut Hauptfeldwebel Ammer ein Totenopfer. Darüber werde ich mir heute Nacht den Kopf zerbrechen. Sie werden Träume haben. Jonathan hatte schon jetzt eine Vision. Darin sind Dämonen zu sehen. Furchtbar das Ganze. Dann sah er, wie er träumte und wie seine Seele dabei herausdrang. Sie schwebte über ihm, sodann flog sie weiter.

KAPITEL 16

Er holte sich aus der Vision zurück. »Herr Bruce Stengel. Jetzt, da ich die Vorahnung habe, werde ich Ihnen mehr berichten. Lassen Sie uns einen anderen Ort aufsuchen«. Sie erhoben sich und schritten an den Empfang. »Werden Sie uns zwei Zimmer für die kommenden Nächte reservieren? Und ... haben Sie einen Raum, wo wir ungestört sind«?

Der Rezeptionist trug sie ein und schlug vor: Wir haben einen Konferenzraum. Folgen Sie mir bitte«. Er schritt voran, durch die Gänge und öffnete eine Türe. Darin ein großer Tisch und viele Stühle. »Das ist der Ort, die Herren. Was trinken Sie«?

»Zwei Glas Wasser«, meinte Bruce. »Der Kollege hatte genug Alkohol. Nicht wahr mein Freund«?

Jonathan ist nicht in der Lage es abzuwehren. Da der Rezeptionist weg war, fing der Agent an zu reden: »Diese Gemeinde singt Lieder, die grauenvoll sind. Darüber, dass Gott die Leiche aufnehme und die Mitglieder belohne und beglücke«. »Herr Ammer, das meine ich ja. Ein Opfer für den Herrn. Das ist es doch«.

Sie lagen auf einer Wellenlänge. War der Fall schon glasklar? Oder hatte Jonathan Weiteres zu berichten? Etwas, das dem die Krone aufsetzte? Waren die Mörder bekannt? Und die Mittäter? Wenn die gesamte Gemeinde darin involviert war? Lieder, die schrecklich sind? Das ist es? Und die Tatwaffe? Der Polizist und der Agent hatten sich gerne und so werden sie sich austauschen. In jedem Fall.

»Da ist mehr denn das, Bruce«. Sie duzten sich schon. Ein Zeichen für Verbundenheit. Das Team stand.

»Hören Sie, mein Freund. Wenn ich nicht falschliege, sind da Dämonen in dieser Kirche. Zwischen den Mitgliedern haben sie sich eingereiht. Habe sie mit eigenen Augen gesehen. Sie waren da. So wie Sie vor mir sitzen, so standen diese da. Ich sage Ihnen das, weil wir ein Team sind. Bin – nach derzeitiger Kenntnis – sicher, dass sie echt sind. Etwas wie dies habe ich bislang nie erlebt. Was nicht heißt, dass es Humbug ist«.

Bruce grübelte. Das schien ihm eine Art Inferno zu sein. Hatte die Erde das Nirwana vor sich? So rumorte es in dem Polizisten. »Es ist das Ende der Welt, wenn Sie mich fragen, Jonathan. Habe schon darüber nachgedacht. Die Schriften weisen auf diese Jahre hin. Nachdem es 1999 nicht gekommen war, wird es bald doch geschehen«.

»Meine Güte, Bruce. Was sagen Sie da«? Der Agent wurde praktisch überrannt mit dieser Neuigkeit. So religiös sei er nicht, um davon zu wissen.

Die Lage war für ihn unklar. Was passiert denn am Weltende? Werden einige es überleben, wie Noah und seine Familie bei der Sintflut? »Das Ende liegt direkt vor uns? Wer wird es schaffen und wer stirbt? Wird man davon berichten«?

»Schauen Sie sich doch die Katastrophen an. Was ist es anderes denn das? Und diese Gemeinde wird sich da nicht herauswinden. Einiges mehr wird geschehen. Aber bleiben wir bei dieser Kirche. Es ist deutlich zu vernehmen in ihrer Stimme, dass es da rigoros zugeht. Wir wissen nicht, wie oft ein Opfer da schon stattfand«.

Jonathan zwinkerte mit den Augen. *Was ist denn jetzt wieder? Ich sehe ... Bruce. Verdammt, was ist mit Ihnen?*

Er sah zwei rote Hörner aus des Polizisten Kopf herausragen. Schloss mehrmals die Augen und öffnete sie erneut. »Sie sind ein Dämon? Oder nicht«?

»Sie halten mich für den Teufel, Jonathan«? »Wie werde ich Ihnen das erklären, Bruce? Ich sehe Ihre Hörner. Was ist das«? Der Polizist sah sich den Agenten genauer an. Dieser schwitzte im Gesicht und schloss immer wieder seine Augen. »Es wird möglich sein, dass sich der Satan in einen Körper einschleicht. Oder Sie haben Halluzinationen. Eines von beiden ist es. Da bin ich sicher. Wenn Dämonen in mir sind und Sie sie sehen, dann haben Sie eine große Gabe«. »Ein Talent, Bruce? Die Geisterwelt ist wahr? Und ich Dummkopf habe auf die Mitglieder eingeschlagen. Schäme mich dafür. Habe es vernommen wie eine Realität«. »Es ist ja eine solche, Jonathan. Haben Sie kein übles Gewissen. Die Dämonen waren in den Leuten dort. Doch diese haben es nicht bemerkt«.

Der Agent ist durch mit der Welt. Eine Kur wäre von Vorteil. Wenn das alles wahr ist, dann hat er eine enorme Anstrengung hinter sich. Und was ihm bevorsteht, werde ich erst morgen wissen.

»Hören Sie, Jonathan«, beruhigte ihn der Polizist. »Sie haben alles unter Kontrolle, oder? Solange ist es halb so arg. Wenn es über ihre Kräfte ergeht, dann werden wir uns um Sie sorgen. Sie sehen Hörner auf meinem Kopf und Dämonen in den Leuten. Mehr ist es nicht«? Herr Ammer schmunzelte: »Wird das nicht genug sein«? »Ich kenne Menschen, die Suizid begehen. Sie aber hängen an Ihrem Dasein, oder«?

Und ob. Ja, ich klebe an meiner Existenz. Sterben kommt nicht infrage. »Sie scherzen, Bruce. Ich bin kräftig genug, um weiter zu leben. Sind Sie kein Psychologe? Oder ist das ein Hobby«? »Das habe ich mir angeschafft, Jonathan. Wenn es Sie nicht stört«.

»Keineswegs, Bruce. Ich liebe schlaue Menschen. Und Sie sind schräg genug, dass ich Ihnen alles abnehme. Bin selbst ein Haudegen, seit der Bundeswehr«.

»Werden Sie mir mehr davon erzählen? Von dieser Zeit? Von den Höhen und Tiefen? Von der ständigen Gefahr«?

»Wissen Sie. Solange ich mit Ihnen spreche, umso besser wird es. Da werde ich gerne weiterreden«.

KAPITEL 17

»Ich war bis vor kurzem bei der Bundeswehr. Habe es zum Hauptfeldwebel gebracht. Es war eine Anstrengung. Diese baute sich aus, da ich nach Afghanistan einberufen wurde. Verstehen Sie, Bruce«. Herr Stengel hörte aufmerksam zu. Wankte links und rechts. Rutschte vom Stuhl. Hielt sich dann daran fest. Hatte wieder halt. »Was geschah nach dem vielen Stress im Ausland«? Der Polizist fragte ihn aus. Was blieb anderes übrig, um sie zusammen zu schweißen? Jonathan wischte sich mit der Handfläche über die Stirn. Es war ihm zu arg.

Herr Stengel hatte keine Mühe, ihm die Angst anzusehen. Der Agent brachte es fertig, die Lage damals ebenso heute zu vernehmen. Das Gefühl dafür war da. Und es ist schrecklich.

Der Agent sprach sich aus: »Der Einsatz in Afghanistan war furchtbar. Die Bevölkerung war schon für uns. Doch die Taliban keineswegs. Brutale Leute. Sie hatten eine Vielzahl an Waffen und Munition. In mir kam das Gefühl hoch durchzudrehen. Und wir hatten keine Psychiater vor Ort.

Viele meiner Kameraden wurden von psychischem Leid geschlagen. Einige erwischte es erst nach der Zeit dort. Ich hatte schon in Afghanistan Probleme. Werde Ihnen mehr davon erzählen«. »Das wäre phänomenal. Höre gerne zu. Berichten Sie mir von den Dämonen. Wie sahen sie im Ausland aus? So wie hier? Gibt es da Unterschiede zwischen den Völkern«? »Verstehen Sie, Bruce. Da hatte ich solche Bilder nicht vor mir. Das ist neu und meine Wenigkeit ist nicht sicher, ob es der Phantasie entspringt. Ich nehme Tabletten gegen Zitteranfälle. Dies hilft ungemein«.

»Sie benutzen demnach wieder Waffen? Das funktioniert ja mit zitternden Händen nicht.

Ich stelle mir vor, wie erstaunt sie waren. Hatten nie Symptome? In dem Alter nicht. Und jetzt das. Erzählen Sie bitte weiter«.

Jonathan fand sich sicher in der Gegenwart von Bruce. Er würde ihm alles berichten, so nah waren sie sich schon.

»Da kein Zittern mehr in den Fingern lag, erhielt ich diese Stelle. Bin froh, wieder zu arbeiten. Die Ärzte haben meine Wenigkeit gesundgeschrieben. Und jetzt das. Ich fasse es nicht, Bruce. Wie war es so arg gekommen«?

»Die Psyche ist kompliziert. Zum Glück hat *mich* der Stress nicht aufgefressen. Sie aber schon. Mein Beileid. Dabei sind Sie zu jung dafür. Im Polizeidienst kommt sowas vor. War gefeilt davor. Sicher sein werde ich niemals«.

Jonathan wünschte das keinem, was er durchmacht. Er hatte nur Schattenseiten daran gesehen. Gab es eine andere Seite? Etwas, das ihm helfe? Für den Fall und sein eigenes Leben? Wo blieb die Sonne? Wo der Lohn für die harte Arbeit? Bruce sah, wie bedröppelt sein Freund schaute. Dieser ließ den Kopf hängen und strahlte etwas Grausames aus. »Meine Güte, Kollege. Fassen Sie sich wieder. Nehmen Sie eine Aspirin«. »Das hilft mit Sicherheit nicht, Kamerad«.

»Sorry, Herr Ammer. Für Sie ist es keine Zeit zum Spaßen und bei mir läuft es so prächtig. Da werden Sie meine Worte hart treffen«. »Ja, so ist es, Hauptkommissar Stengel. Ich kenne Ihren Standpunkt. Hatte selbst Hochphasen im Leben. Da schlägt man schon über die Stränge«.

Bruce zog sich keineswegs hoch am Leid von Jonathan. So war er nicht. Und so wird es niemals zwischen ihnen sein.

»Sie werden müde sein, mein Freund. Wenn aber diese Unterhaltung geistig hilft, dann reden wir weiter. Sie wurden wegen Zittern ausgemustert? Und jetzt stellte man Sie erneut ein«.

»Sie sehen es punktgenau, Bruce. Die eine Behörde kündigte mir, die andere nahm mich vor einigen Wochen an. Es war nicht meine

Intension. Aber ich bin froh, dass man die Stärken an mir erkennt«.

Herr Stengel hob die Augenbrauen.
Überwiegen die Vorteile an ihm? Er ist ehrlich zu mir und ich mit ihm. Wir sind wie Zwillinge.

KAPITEL 18

»Sie nehmen demnach Tabletten, Jonathan. Wie wirken diese bei Ihnen«? »Zuerst sage ich, dass durch die Einnahme ein Schwindel bei mir spürbar ist. Vorhin in der Gemeinde war es arg. Ich legte mich hin und man gab mir Wasser zu trinken«.

Bruce staunte nicht übel darüber. Hatte er nie selbst ein solches Symptom. Eine Nebenwirkung eines Medikamentes. Wie grob es doch bei Herrn Ammer lief. »Ich rede da nicht mit. Kenne mich mit sowas kaum aus, mein Freund«.

»Hören Sie, Bruce. Sie nahmen nie Arznei ein«? »Nein, niemals«.

»Sie sind schon sonderbar«. »Sie aber ebenso, Jonathan. Wenn man bedenkt, dass Sie tief im Einsatz für Ihr Land waren. Diese Taliban haben keine Hemmungen, nicht wahr«? »Genauso ist es, Bruce. Doch ich habe enorme Ausbildungen hinter mir. Zuerst was Kaufmännisches, dann die Grundausbildung in der Armee«. »Das ist nichts Großes, Jonathan. Was kam daraufhin? Etwas anderes«? »Nein, Aufbauendes. Da ich Feldwebel war, schickte man mich zur Einzelkämpferausbildung. Das ist hart. Überleben und Durchschlagen im ersten Lehrgang. Dann der Zweite in der Jagd. Wenn Sie mehr verlangen denn dies«? »Nein, gewiss nicht. Das ist schon was, Herr Ammer. Sie sind groß seitdem, habe ich recht«? »War es damals. Sie sehen ja, was heute ist«.

Bruce lehnte auf seinen Arm und kam dem Agenten beträchtlich nahe. »Wenn ich in Ihre Augen schaue, sieht unsereiner eine Größe an Ihnen. Schon immer, bis heute. Werden Sie nicht kleiner, denn Sie sind«.

Jonathan sah angenehmer und zufriedener drein. Das gefiel wiederum Bruce.

Dieser legte seine Hand auf die des Agenten, der sprach: »Mich hat lange niemand angefasst«. »Sie haben keine Frau«? »Nein. In der Bundeswehrzeit hatte ich ein zwei Freundinnen«. »Und Kinder«? »Früher gerne, jetzt schon nicht«. »Komisch, da Sie doch nicht mehr ins Ausland fahren? Sie haben ein Zuhause, weshalb dann nicht eine Familie«?

»Bin heute zu wählerisch. Da nimmt man sich zurück mit Frauen«. Bruce schüttelte den Kopf und sprach, er sei seit zwanzig Jahren mit Miriam zusammen. Man gewöhne sich an eine Dame. Aber wenn Jonathan immer nur für Flirts zu haben sei?

»So ist es, Bruce. Sie sind kein Polizeipsychologe? Wirken mir so«.

»Sprechen wir über Sie. Die Tabletten«? »Ja, sie haben mich entspannt. Das war phänomenal. Von einem Tag auf den andern hat es sich verbessert«.

»Und dann«?
»Der Staat hatte sich gemeldet bei mir. So erhielt

unsereiner vor kurzem diese Stelle. Und ich sage Ihnen: Es ist hochkarätig. Sie sehen ja, womit man sich abgibt. Da ist Leidenschaft drin wie nirgendwo anders. Das Zittern ist weg. Ich schieße auf fünfzig Metern mit einer Pistole und treffe Maß genau. Dass ich gelassener mit der Waffe bin, hat für solche Einsätze geholfen. Die Schießübungen habe ich mit Bravour bestanden«.

»Und die Dämonen«? »Sehe ich erst seit heute Abend. Alles frisch bei mir. Wenn Sie Ratschläge haben, dann nur raus damit.

Ich war ein erstklassiger Soldat. Deshalb diese Einberufung. Das Innenministerium hat meine Wenigkeit schnell gefunden und eingestellt. Solche Leute benötigen sie. Sie sehen: Ich bin durchaus schlau. Doch ein oder zwei Tipps werden mir schon nicht auf die Leber schlagen. Sie scheinen mir fit im Kopf«. »Das bin ich, Jonathan. Habe mich seit einem Jahr auf solche Fälle spezialisiert. Wir werden das Kind schaukeln. Sie verstehen, was ich meine«.

»Begreifen Sie, Bruce. Ich benötige Verstärkung, für die Stunden wie heute. Da ich ausgeknockt bin, springen Sie für mich ein. Helfen mir auf und so. Werden Sie das? Sie greifen ein, wenn mir die Spucke wegbleibt«?

»Sie brauchen einen harten Kerl, da Ihnen die Knie weich werden«.

Hatte der Polizist den Nagel auf den Kopf getroffen? Zumindest sieht sein Gegenüber leichter aus. Er schwebt quasi über dem Tisch. Es ist Zeit zum Reden da, läuft es im Schädel von Bruce ab. Und der Agent hat ähnliche Gedenken.

»Sprechen Sie, Jonathan. Jetzt ist es optimal. Ich sehe es Ihnen an«. »Sie haben Recht, wenn ich so in den Spiegel da drüben schaue«.

Die beiden unterhielten sich einige Minuten über Halluzinationen. Herr Ammer hatte sie. Bruce passte da. Er wisse von Okkulten und dem Weltende. Für mehr hatte es bislang nicht gereicht. Wenn denn die Welt dem Ende geweiht war, so Jonathan, weshalb sah nur er diese Sachen? Der Polizist hob die Schultern und signalisierte Unkenntnis. Wie lief es jetzt weiter? Würde Bruce weiterhin eine Hilfe sein? Oder nur ein Apostel des Weltgerichts? War der Agent fähig, auf den Beinen zu stehen mit all den schrecklichen Bildern vor seinen Augen? Die Lage war brenzlig, doch nicht unlösbar. Sie rauften sich hier zusammen, für den weiteren Verlauf des Falles. Bruce schrieb sich einiges auf. Herr Ammer nichts. Er holte es lieber im Geiste hervor, wenn es an der Zeit war.

KAPITEL 19

Bruce sah sich Jonathan von oben bis unten an und meinte sodann: »Halluzinationen sind mir fremd. Sehe schon mal meine Frau oder die Kinder vor den Augen, wie durchsichtige Geister. Aber mehr ist da nicht. Es ist nicht normal, was Sie haben, Freund«. »Lieber Bruce. Das ist mir bewusst. Dass es unnormal ist. Habe doch früher keine Dämonen gesehen. Und jetzt das«.

Herr Stengel ließ es sich durch den Kopf fahren. Wie einen Benz der Extraklasse. Und seine Idee war eine solche. Es würde Anlaufstellen dafür geben. Profis, welche ihm helfen, da heraus zu kommen. »Das wäre phänomenal, Bruce. Aber bloß keine Ärzte. Sie verstehen mich doch«?

Ein Doktor würde ihn einsperren. Das hat mein Freund kaum verdient. Gibt es einen milden Weg? Einen solchen, der Herrn Ammer zart anfasst und ihn zurück auf den Boden bringt.

Jonathan sah Bruce auf die Stirn, da dieser dies überdachte. Sodann hatte er selbst folgenden Gedanken: *bloß keine Klapse. Das halte ich nicht durch. Sehe es ihm genauso an wie er mir. Unsere Gehirne laufen gleich.*

Bruce lehnte sich zurück und meinte, sein Freund sei schon ein Haudegen. Woher er das wisse, fragte der Agent. Er sehe es ihm an, kam die Antwort.

Der Polizist erhob sich und lief das Zimmer auf und ab. Sprach: »Das mit der Anlaufstelle überlege ich mir. Wir werden das Ganze nicht künstlich aufbauschen. Die Lage ist ohnehin nicht leicht. Ich sehe keinen Patienten in Ihnen, sondern ein Wunder. Sie sind mein Einstein, schlau genug sind Sie ja«.

Jonathan wischte mir der Hand über sein Gesicht. Er war ermüdet, doch Bruce ließ nicht locker.

Der Polizist war selbstbewusst und einfühlsam. Er sah seinem Freund jede Regung von den Augen ab. Dieser hatte das gleiche Talent. Sie waren mehr Frau denn Mann, obwohl es heute viele Herren gibt, die das so beherrschen.

Jonathan fing sich erneut und sprach, er wolle keineswegs zum Arzt. Sie werden die Sache unter den Teppich kehren. Ob Bruce da keine Hemmungen habe? »Ich brauche null Medizin und werde das Ihnen nicht aufzwingen«. Er sei durchgedreht genug, um den Agenten da raus zu halten.

Der Spion runzelte die Stirn und rief den Rezeptionisten herbei. Dabei wurde er laut. Der Angestellte ließ sich eine Bestellung der beiden geben. Brachte zwei Minuten später Wein. »Das feiern wir jetzt, Bruce. Wenn Sie mich nicht für todkrank halten, dann stoßen wir an«.

Was hielt der Polizist von Jonathan, dass das Berufliche anging? Menschlich waren sie sich nahe. Keine Sorge. Sie waren Profis. Und daher wird das zu überdenken sein. Sie werden gemeinschaftlich vorgehen, lag es jetzt beiden auf der Zunge. »Wir halten zusammen, Freund. Und wenn unsereiner mehr Verstärkung benötigt, dann rufen wir sie. Sprechen dennoch erst weiter miteinander«. »Das nehme ich mir zu Herzen, Bruce. Werde alles hineinschmeißen, so es möglich ist. Verlassen Sie sich nicht so arg auf mich. Bin froh, dass ich hier sitze und vernünftig mit Ihnen rede. Das ist bei einer solchen Diagnose nicht Gang und gebe«.

»Hören Sie, Herr Agent. Sie werden das dem Innenminister doch melden? Dass es Ihnen hier so ergeht? Und wie der Fortschritt der Mission ist«? Jonathan schmunzelte. »Wir haben einiges besprochen und Sie wissen jetzt, wie es mit mir steht. Werde ich das dem Minister berichten, stünde es arg um mich. Das Risiko nehme ich nicht. Man würde unsereins schnell absägen, obwohl es die Realität ist, die ich vernehme«.

»Dann haben Sie sich festgelegt. Alles ist wahr«?

»Und ob, Bruce.

Ich habe es in den Augen und im Geist. Wie wird das unwahr sein? Nein, bin im Recht. Man hat mich hierfür eingeteilt. Und ich berichte hier die Wahrheit. Das ist doch mein Job, oder? Ich löse den Fall und komme dafür in die Nervenanstalt? Das ist unmöglich«.

»Ja, Jonathan. Das hört sich alles plausibel an, was Sie sagen. Ich werde Sie nicht melden. Bin selbst ein Chaot«.

»Habe ich bemerkt«.

»Halten Sie sich etwas zurück damit. Bin ein zartes Pflänzchen«. Der Agent lachte. Er sei ebenso zartfühlend. Da stehe er dem Polizisten in nichts nach. Da grinste Bruce und klopfte sich auf die Oberschenkel.

»Sie haben Recht, Jonathan. Sagen Sie die Wahrheit, werden sie einem Rausschmiss nicht entgehen. Leiden Sie mit dem Allem? Ich würde es verstehen«. Der Agent erhob sich und stellte sich vor Bruce hin. Sagte sodann: »Würde ich das über das Maß nicht ertragen, läge unsereiner längst beim Psychiater auf der Couch. Da das alles aber halb so arg ist, benötige ich weder einen Mediziner und keinen Rauswurf. Die Sache liegt nicht so schrecklich. Ich sitze und rede mit Ihnen. Und meine Waffen werde ich ebenso ziehen, da es nötig ist«.

»Seien Sie sicher mit mir. Ich helfe, wo es notwendig ist. Und wenn Sie nur wenig leiden, dann wuppen wir den Fall gemeinsam. Das wird kein Hexenwerk sein. Ich bin bereit, für alles, was jetzt auf uns zukommt«.

Der Polizist zeigte Courage. Wenn Jonathan nicht mehr handelt, springt er demnach ein.

Er sah aber den Agenten stabil genug. Sie haben einen Auftrag, der schon fast gelöst ist. Der Spion hatte kombiniert.

Der Fall lag offen da. Und Bruce wird nicht mehr aufklären. Denn Jonathan sprach über alles wie ein Wasserfall. Und der Polizist verstand ihn. Redete selbst einiges und beleuchtete diese Mission von seiner Seite. Beide nahmen sich nicht gegenseitig den Speck vom Teller. Ein Team wie aus dem Bilderbuch.

KAPITEL 20

Bruce setzte sich auf seinen Stuhl und verschränkte die Finger ineinander. Es war wie ein Gebet. Doch er grübelte nur. Flüsterte vor sich hin und meinte: »Wissen Sie, Jonathan. Es ist möglich, dass Sie die Wahrheit sehen. Und nichts anderes. Wir erkennen keine Dämonen. Sie aber schon«.

Jetzt war es der Agent, der seinen Verstand benutzte und sich dabei zu Bruce dazusetzte. Er runzelte die Stirn und sprach: »Es sind womöglich schreckliche Wesen inmitten der Mitglieder. Sie beeinflussen den Rest mit ihrer Boshaftigkeit. Wenn Sie mich fragen, sind diese schuld an dem allen. Sie treiben die Gemeinschaft an, wie wilde Pferde«. Jonathan hatte eine andere Theorie: »Ich vermute, sie nisten sich in die Schuldlosen ein. Geister, die in unbescholtenen Körpern wüten. Ich sehe diese Dämonen in den Gesichtern der Mitglieder. Wenn Sie drinstecken, Herr Stengel, werden wir in der Lage sein, sie auszutreiben? Wie Exorzisten junge Mädchen durchnehmen? Ist dies möglich? Was sagt Ihre Erfahrung«? Bruce sah sich überrannt. Er wisse das nicht. Austreiben? Hatte Jonathan die richtige Spur gefunden? Der Polizist sah dem Agenten ins Gesicht. Was sah er da? Einen Gauner? Wird man jetzt über Exorzismus reden? Das schien Bruce zu weit hergeholt. Sie waren hier nicht Schauspieler in einem Film. Einen solchen Horror wird man hier hoffentlich nicht haben. Dazu hatte der Beamte keine Erfahrung. Wie werde man Geister austreiben? Er kenne die Technik nicht. Und Jonathan ebenso nicht. Wenn Sie sich da hineinbewegen, werden sie nicht mehr herauskommen. Dann stecken sie tief drin. Der Agent war da schon. Und Bruce wolle doch nicht schreckhaft werden? »Keineswegs, mein Freund«, sprach der Polizist. »Habe mich im letzten Jahr arg hineingewagt. Und bin bis heute gesund«. »Das war bei mir über Nacht geschehen. Seien Sie sich nicht zu sicher. Ein Polizeibeamter wird um sich schauen in einem solchen Fall. Und wenn er recherchiert, wird er seine Psyche mit hineinlegen«. Bruce sah fürchterlich drein. Das hatte Jonathan ihm beschert. Er zog Grimassen, wie ein Besessener. Und Herr Ammer erkannte sich selbst in ihm. Der Polizist versuchte abzulenken. »Wir werden jetzt feststellen, wie die junge Dame verstorben ist«, sagte Bruce. »Ich sah Striemen auf der Leiche, wie von einer Peitsche. Sie wurde gequält. Ich frage mich, ob man an derartigen Schmerzen stirbt. Sie waren fürchterlich für eine Achtzehnjährige. Ich sah es ihr im Gesicht an«. Bruce grübelte über die Sache mit dem Leid. *Ob man daran krepiert? Wird möglich sein.*

Was überlegt er denn da? Dieser Polizist scheint mir schlau zu sein. Aber darüber wissen wir beide zu wenig. Wer wird uns da weiterhelfen?

»Herr Stengel. Ich überlege da etwas. Und habe das Gefühl, sie haben den gleichen Gedanken«. »Ja, Jonathan«, so Bruce. »Wir rufen einen Polizeiarzt in Stuttgart an und bohren nach«. Er kramte sein Smartphone aus der Hosentasche. Suchte die Nummer und betätigte die Anruftaste. Am anderen Ende meldete sich ein Bekannter. Bruce fragte über seinen Zustand und kam sodann mit der Frage, ob man durch Schmerzen sterbe.

Man könne in Ohnmacht fallen. Schweiß renne auf dem Körper runter. Wenn der Sterbeprozess käme, habe man Übelkeit und einen Druck auf der Brust.

Bruce bekräftigte, die Dame sei von Peitschen geschlagen worden. Ob ein Blutverlust den Tod herbeigeführt habe? »Wäre möglich«, so der Polizeiarzt. »Ein Reflextod ist nicht auszuschließen«. Was das denn sei? so der Polizist. »Das spielt sich im Gehirn ab. Dazu käme der Stillstand des Kreislaufes«. Ein solches Ableben rühre zum Beispiel von einem eiskalten

Bad. Wenn man sich da hineinbegäbe. Da sei kein Wasser im Spiel, so Bruce.

»Jetzt sind wir nicht weitergekommen«, meinte Jonathan. Nimmt man an, sie wäre durch die Schläge verstorben. Wer habe das begangen?

»Hören Sie, Bruce. Bei der Beerdigung waren drei vermummte Mönche zugegen. Denen traue ich es zu«. »Sie wissen schon, dass Sie hier Geistliche verdächtigen«? »Wenn die Religion zu arg voran prescht, schreiten wir ein«.

Jonathan hatte sich weit vorgelehnt mit dieser Aussage. Beschuldigte drei Männer in Mönchskutten und Masken vor den Gesichtern. Er hatte keinen Blick hinter die Fassade geworfen. Diese Herren waren inkognito. *Ich reiße ihnen die Verkleidung vom Körper. Und lege sie in Ketten. Ein paar Jahre Haft schaden nicht. Wäre ich Richter, kämen Sie nie wieder raus. Aber unsere Gerichte sind da zu human. Meinetwegen steckt sie in die Hölle. Tief unter die Erde. Dort kümmert sich dann der Teufel um sie.*

Jonathan hatte große Gedanken auf den Lippen. Sprach sie dennoch nicht aus. Zu brutal sehe ihn Bruce. Und er scherte sich um sein Image.

Bislang waren sie Freunde, die sich blind verstanden. Sogar gleiche Gänge im Gehirn hatten sie.

Der Polizeiarzt hatte aufgelegt. Schien zufrieden mit sich und der Welt. Hatte er doch zwei Beamten weitergeholfen in einem schweren Fall. »Schmerzen, die zum Tod führen? Bei einer Frau nicht unmöglich. Wenn es über ihre Kräfte hinausgeht? Aber die Damen bekommen Babys, nicht die Männer. Hätte mich länger unterhalten, dann wären wir schon drauf gestoßen, was da geschieht«. Er nahm ein Buch zur Hand und blätterte spontan durch. Verblieb an einer Stelle und las was darinstand. War erstaunt, schlug das Werk zu und las auf dem Einband: »Die Bibel«. »Hoffe, ich habe keinen Fehler begangen. Wäre zu doof, wo ich doch hier eine phänomenal bezahlte Arbeitsstelle innehabe«.

Die beiden holten sich ihre Schlüssel am Empfang und legten sich hin. Der Polizist schlief friedlich und gelassen. Trotz des Falles. Den Agenten quälte die Nacht.

Er versuchte, aus dem Traum zu kommen, schaffte es nicht. Bruce hatte ihn herausgefordert. Und das Grübeln war Jonathan nicht bekommen.

Ein Pfarrer stünde ihm besser, denn ein Polizist. Er fand, dass er schlau genug war, um den Fall komplett aufzulösen. Und Bruce ist das ebenso. Ein Beamter mit Erfahrung vom Weltende und Okkultem.

Sie hatten sich kurz verrannt. Waren jetzt wieder auf voller Höhe.

Zwei zärtliche Haudegen, die beide Anführer waren.

Sie waren auf dem richtigen Dampfer, der dennoch eine Weile weiterfuhr. So weit, bis man den Strand erreicht, auf dem sie dann endlich ihren Urlaub erhielten. Verdient hatten sie ihn schon. Doch die Übeltäter werden bald vernommen. So kämen sie in den Knast, um dort eine kleine oder große Weile zu verbringen.

Bruce hatte kurz gewankt, hatte aber jetzt wieder ein rotes Gesicht. War gesund. Und er wünschte sich das ebenso für seinen Freund, der in diesen verfluchten Träumen drinsteckte.

Der Polizist erkannte den Agenten vor sich, über seinem Bett. Und er sah ihn schwitzen. »Jetzt wird er nicht sterben? Wo er so weit gekommen ist? Jonathan hat eine Realität, die niemand sonst hier sieht«.

Dieser Gedanke war phänomenal.

Eine Gabe vom Allerhöchsten im Universum.

Der die beiden hier bevorzugte. So sah es Herr Stengel zumindest.

KAPITEL 21

Der Morgen versprach einiges, denn Schnee hatte sich aus den Wolken gelöst. Er fiel über die ganze Stadt Böblingen. Der Parkplatz der St. Bonifatius Kirche war reichlich gefüllt. Zwei Männer mit Masken und Gewändern stiegen aus einem Fahrzeug und öffneten die linke hintere Türe. Von dort zerrten sie beide eine junge Frau hervor, die zu schreien anfing, wie es der Ort nicht erlebt hatte.

Erneut eine Dame vor dieser Freikirche? Sie wurde über den Parkplatz gezogen. Einer fasste sie dafür am langen Haar.

Einige Mitglieder sahen sich das Spektakel an. Viele schauten erstaunt drein. Diese Gewalt hatten sie so kaum erwartet. Doch einer kannte es besser. Er stieg aus dem Wagen der Mönche. Ebenfalls mit Kutte und Maske bewaffnet. Er schlug ihr direkt ins Gesicht. Sie fiel sofort in Ohnmacht. Welch verfluchter Glaube hier. Die Lage war ernst. Und keiner hier sah es so.

In diesem Moment rief eine Nachbarin bei der Polizei an. Diese verständigte Bruce Stengel. Sie hatten Meldung erhalten, dass der Hauptkommissar an dem Fall dran war. Wozu da hineingreifen, wenn der Stuttgarter da seine Finger drin hatte. Sie gaben den Namen der Melderin weiter, doch sie war ihm egal. Was jetzt zählte, ist das Verhindern einer Straftat. »Erneut eine junge Dame«? fragte Jonathan. »Das ist ein Serienmord. Vertrauen Sie mir, Bruce«? Und ob. Sie waren einander vertraut. Die letzte Nacht hatte dies verfestigt. Sie waren Blutsbrüder in der Not. Und in dem aktuellen Fall.

Der Hauptkommissar pfiff aus allen Löchern, seufzte, da er sein Smartphone wegsteckte. Diese Nachricht war hochaktuell. Und die beiden besten für diese Art von Mord waren diese Männer. Einer ein Soldat und Agent. Der zweite, ein Polizist von hohem Rang und einiger Kenntnis. Was für diesen Fall von Belang war.

Zu arg steckte Jonathan hier drin. Seine Halluzinationen sind laut Bruce legal und normal. Wenn man bedachte, dass die andere Welt existierte. Das Leid des Agenten hatte sich nicht gemindert. Dieser Morgen war wie die letzte Nacht. Er bäumte sich auf, trank eine Tasse Kaffee am gedeckten Esstisch. Wo sie beide gestern gesessen haben.

Dieser Moment verging, da Bruces Smartphone klingelte. Das Weitere wurde genannt. Und versetzte sie in Aktion.

Wer jetzt lachte wurde zu Besserem belehrt. Doch keiner hier hatte diese Anwandlung. Vielmehr hatte die Betroffenheit sich verbreitet. Zuerst bei Bruce, dann bei Jonathan und zuletzt beim Kellner am Frühstücksbuffet. Letzterer hörte genau hin, da die Meldung über das Smartphone kam. Die

Kollegen rannten durch den Essbereich, schon bewaffnet und motiviert. Wenn der Agent litt wie ein Hund. Es war an der Zeit durchzugreifen. Was sie jetzt angingen. Die Eingangstüre des Hotels wurde hart zugeschlagen, mit des Eigners zornigem Blick. Bruce setzte sich bei Jonathan in den Wagen. Sie waren auf dem Weg zur Kirche. Einem Tatort mittlerweile. Wo sich das zweite Mordopfer zu befreien versuchte. Es fiel ihr schwer. Man hatte ihr den Mund verbunden. Einige ließen sich dazu herab, die Kleider der Frau zu zerfetzen. Viele zogen aus allen Seiten an Hose und Bluse. Bis sie nackt auf dem Altar dalag.

Ein Dutzend Jugendlicher schrie sie an: »Du Hure. Wirst uns nicht entkommen. Zu arg war dein Leben. Jetzt gehst du drauf«.

Ein anderer meinte, sie habe ihr Dasein ausgehaucht. Wenn Sie doch dieses genutzt hätte, um zu beten. Nein, sie hatte es nicht so genossen, wie man es hier verlangte. Diskothek und Bar waren ihre Ziele.

Eine Predigerin zu sein, würde ihr besser stehen, schrie einer der Mönche, die sich auf die zweite Bank setzten. In diesem Moment kam ein BMW um die Ecke. Es war der von Jonathan. Er bremste abrupt und sie verließen den Wagen.

Bruce sah einen der Mönche mit einer Peitsche ausholen. Dann schlug dieser zu.

»O je«, sagte der Polizist zu dem Agenten. »Das sieht aber übel aus. Wir werden sofort eingreifen, mein Freund«. Jonathan drückte sich an der Meute am Durchgang hindurch. Diese hatte sich ihnen in den Weg gestellt.

Bruce kam leichter durch die Menge, die klatschte und ein Lied sang.

»Gott hat uns lieb. Mit jedem Peitschenhieb. Er führt diese Gemeinde ins Paradies. Welches diese Dame verließ«.

Bruce sah entsetzt auf die Gesichter der Singenden. Jonathan hatte mehr denn das vor Augen. Erneut vernahm er Teufel, die auf ihn einschlugen. Sein Kollege sah das nicht. Was nicht bedeutete, dass es unwahr ist.

Die Meute hatte Überhand gewonnen. Zerrte die unerwünschten Gäste vor den Saal. Dann schmissen sie beide aus der Kirche, wo sie sich auf dem Boden wiederfanden. Bruce meinte: »Solch ein Mopp wird schon gestillt. Wir benötigen weitere Hilfe, Jonathan. Ich habe jemanden im Blick, der uns weiterhilft. Wenn du einverstanden bist mit meinem Vorschlag«. Der Agent sah ihm in die Augen. »Wer ist dieser Mann«?

»Ein Freund und Helfer aus Stuttgart«, meinte der Hauptkommissar. »Thomas Held ist sein Name. Ich rufe ihn gleich an. Okay«? »Wenn du meinst, dass er uns weiterhilft? Dann melde dich mal bei ihm«. »Er ist Parapsychologe. Unser Mann für diesen Fall«.

»Ich vertraue dir, Bruce«. Dieser hatte jetzt Thomas Held am Ohr. Sprach ehrlich. Und fand Anklang.

»Die Lage ist furchterregend«, sagte der Polizist ins Telefon. »Die ganze Gemeinde scheint durchzudrehen. Du bist da der Richtige für uns. Kommst du?« »Der Fall ist hoch brisant«, sprach Thomas Held. »Warte kurz. Hier ist jede Menge los auf dem Revier«.

Die Verbindung war jetzt angenehmer, für beide Gesprächspartner. Jonathan schaltete sich ein. »Wird er sofort kommen«? »Ja, mein Freund. Er macht sich auf den Weg, nicht wahr, Thomas«?

Herr Ammer war sich nicht mehr sicher. Da er die Meute so wüten sah. Und Bruce es nicht so sah. Klar wurde ihnen der Weg versperrt und sie wurden rausgeworfen. Aber Dämonen? Das sah der Hauptkommissar anders. »Beruhige dich, Jonathan. Was du hier vernimmst, ist keine Vision. Es ist eine zweite Realität«.

»Ich fürchte mich vor dieser Menge an Teufeln, Bruce. Hoffe, dein Herr Held kommt schnell«. »Das wird er. Stuttgart ist um die Ecke«.

KAPITEL 22

Ein mittelgroßer Mann mit Hut betrat das Hotel-Restaurant »Zum Reussenstein«. Dort warteten Jonathan und Bruce auf ihn. Sie hatten eine Literflasche Wasser auf dem Tisch stehen. Schenkten dem Parapsychologen ein Glas ein, der das gerne annahm. Seine Art war grob. Wie er da so lief. Der Agent sah ihn durchdringend an. »Was schauen Sie so? Sind anders denn der gewöhnliche Mensch«.

Jonathan schmunzelte. War das ein Lob oder Kritik? Und wie antwortete er hier?

Bruce sprang ein. »Mein Freund ist Spion für die Bundesrepublik. Zudem kennen Sie mich. Ich habe der noch nicht das Talent wie sie«.

»Und doch haben Sie die Lage verstanden. Wenn ich an Ihren Anruf denke«.

Der Parapsychologe setzte sich und trank einen Schluck. Ließ das Glas dann auf dem Tisch. Jonathan nippte an seinem Wasser. Bruce sah den Psychologen fragend an. Dieser bemerkte ihn und sprach: »Meine Freunde. Es handelt sich hier um eine Kirche. Was geschieht da schon großes«?

»Ich sah Dämonen zwischen den Mitgliedern. Ist das nicht genug? Oder haben Sie heute was anderes vor? Ja, wir brauchen Sie. Nicht um jeden Preis. Hören Sie sich meine Geschichte an«.

Thomas Held war nicht minder keck. Er griff nach einem Feuerzeug und einer Packung Zigaretten. Löste eine daraus und zündete sie an. Dann nahm er einen tiefen Zug. Wie an jedem Morgen.

»Verzeihen Sie mir, wenn ich rauche. Brauche das Nikotin. Bin nicht nur Psychologe, sondern ebenso Mediziner. Aber die Kippen lasse ich mir nicht nehmen. Das Studium war schwer genug. Meine Frau mehr denn das. Ich lese ihr alle Wünsche von den Augen ab. Dennoch weist sie mich regelmäßig zurecht. Ist eine grobe Dame«.

»Und Sie ein starrer Mann«, meinte Bruce. »Nehmen Sie sich da nicht heraus. Sie haben Dreck am Stecken. Mehr denn ich oder Jonathan hier«.

»Jeder ist schuldig«, antwortete Herr Held. Der Agent bemerkte: »Ich sehe Dämonen. Bin ich deshalb sündig«? »Hören Sie. Wenn Sie solche Biester vernehmen, dann bewegen Sie sich am Nahtod. Das ist die Erklärung für die Bestien in ihrer Kirche«.

Jonathan staunte. Er war demnach knapp am Tod vorbeigerauscht. Wenn das alles hier stimmte. Und er vertraute Thomas mehr denn zu Beginn.

»Wie werde ich den Wahnsinn los«? fragte er nach. Herr Held sah verwundert drein. »Sie leiden daran«? »Und ob«, sagte jetzt Bruce. Er sprang immer wieder für den Agenten ein. Sie waren Freunde.

»Dann nehmen Sie Pillen ein. Da gibt es nur diese Lösung für Sie«.

»Bitte keinen Arzt. Es käme heraus, bis ins Innenministerium. So bin ich den Job los. Und das für längere Zeit. Werden Sie uns helfen, Herr Held«?

Thomas wankte mit dem Oberkörper. Er überlegte es sich. »Nehmen Sie Pillen von mir ein? Oder sind Sie da rigoros? Hier haben Sie einen Streifen Risperidon. Eine Tablette am Tag genügt. Werfen Sie sie jetzt ein. So sind Sie morgen gesund«.

»Sie stempeln mich zum Patienten ab? Dabei war was anderes in meinem Kopf. Sah Sie zum Freund. Aber wenn das so ist, dann nehme ich diese verdammten Pillen. Geben Sie schon her«.

KAPITEL 23

Jonathan sah verzückt drein und schmiss sich die Pille mit einem Glas Wasser ein. Thomas Held sah sich zum Sieger auserkoren. Er wird hier doch nicht zu hoch stapeln? Des Agenten Lage war schwer genug. Zum Verlierer abgestempelt zu werden kam nicht infrage. Bruce würde sofort einspringen, um seinen Freund zu schützen. Denn Thomas war nicht von kleinen Eltern. Sie hatten ihn großwerden lassen. Und er genoss es ungemein. Jonathan rieb sich im Gesicht, wie ein Soldat bei der Morgenwäsche. Dann sah er dem Psychologen direkt in die Augen. Dieser bemerkte das und meinte, was spiele sich hier ab? Warum sehe der Agent dermaßen dringlich drein? Der Angesprochene wehrte jetzt selbst ab. »Meine Schuld, Thomas. Das ist Teil des

Lebens. Man hat Techniken und versucht, damit weiterzukommen. Wenn es Sie stört, vergeben Sie mir. Doch es funktioniert nur so«. »Ich verstehe, Jonathan. Nehmen Sie mir nicht übel, da ich wiederum direkt mit Ihnen rede. Vom Psychologen zum Soldaten«. »Bin nicht mehr beim Militär. Aber woher wissen Sie, dass ich es war«? »Ich sehe es an Ihrer groben Art«.

»Ja. Ich war bei der Bundeswehr. Der Stress dort hatte es unmöglich werden lassen«. »Und jetzt dieses Schlamassel«? fragte Thomas. »Sie treten von einer Scheiße in die Nächste, nicht wahr? Sprechen Sie sich mal aus. Das hilft«.

Bruces Smartphone klingelte und er wischte über das Bedienfeld. Hatte eine Nachricht erhalten. »Vom Revier, hier in Böblingen. Was haben die da für mich? Verzeiht mir, meine Freunde. Aber diese SMS führt uns weiter. Hört mal zu«.

Thomas ignorierte Bruce. Was hatte er nur? Jonathan hingegen starrte auf den Polizisten. »Es sind junge Frauen in Reutlingen verschwunden. Aus dem buddhistischen Zentrum dort. Zwei Damen innerhalb 48 Sunden. Was sagt Ihr dazu? Das ist doch ein Hinweis. Wie handeln wir jetzt«? Thomas: »Von wem stammt die Meldung«? »Von einem Mönch des Klosters«, antwortete Bruce. »Die Frauen waren erst volljährig. Wie alt ist die Leiche von gestern«? »Achtzehn«, schoss es aus Jonathan.

»Ihr stellt da einen Zusammenhang her«?, fragte Thomas. »Reutlingen und Böblingen liegen nicht weit entfernt«, sagte Bruce. »Ich kombiniere, jemand entführt Damen und ...«. »Und bringt sie hierher«, vervollständigt der Agent. Der Psychologe grübelt hin und her. Welche andere Theorie hatte er? Er rückte damit heraus: »Macht, meine Lieben. Darum dreht sich hier alles. Diese Opfer sind eine Gabe an zornige Götter. Um diese zu besänftigen«. »Doch die Kirche hat nur einen Allmächtigen«, kam es von Jonathan. Der Psychologe schmunzelte und sprach: »Vergessen Sie nicht Jesus und den Heiligen Geist«. »Diese gehören aber zusammen«, meinte der Agent. »Die Dreifaltigkeit«. »Diesen Mist verzapfen Sie mir hier«? fragte Thomas. »Sie etwa nicht«? »Nein, mit Sicherheit nicht. Einmal heißt, es gäbe nur einen Gott. Dann doch wiederum drei. Wie erklären Sie mir das«?

Bruce setzte sich erneut ein. »Nehmen Sie es nicht kleinlich, Thomas. Lassen Sie mal neun grade sein. Wir sind hier nicht vor einem Gericht oder einem Tribunal. Die Religion ist nicht der Staat«.

Jonathan hatte nur wenig von Gott in den Knochen. Seine Kenntnis von den Büchern der Bibel war zu gering.

Doch er sprach mit den beiden mit. So, wie es ihm möglich war. Bald würde das Mittagessen anstehen. Zuvor versuchte er, einen zweiten Parapsychologen im Internet zu finden. Dazu scrollte er in seinem Smartphone. Dort fand er einen solchen Mann aus der Umgebung. »Seht mal hier. Ein gewisser Markus Feder aus Reutlingen. Ich rufe gleich an. Wir benötigen weitere Verstärkung. Eine Gruppe wird das buddhistische Zentrum aufsuchen. Das andere Team hat die Gemeinde im Blick«. »Klasse Idee«, meinte Thomas argwöhnisch. »Genüge ich Ihnen nicht«? Jonathan: »Haben Sie mich nicht verstanden? Zwei Mannschaften sind hier von Nöten«. »Stellen Sie Ihren Befehlston ab«, gab der Psychologe zu verstehen. Bruce sagte: »Sie begreifen nicht. Ich hoffe, dieser Markus Feder ist leichter zu handhaben«. »Das hat unsereiner überhört«. »Nein, hören Sie nur zu. Ich bin ebenso direkt wie Sie«. »Danke, Bruce«, meinte der Agent. »Ich fühle mich besser. Keine Sorge. Werde jetzt diesen Herrn Feder anrufen«. Damit verzog er sich in eine Ecke und telefonierte. Zwei Minuten später stand er erneut auf der Matte und sprach, der werte Markus sei in einer halben Stunde hier. Zuvor nehmen Sie das Mittagessen hier im Restaurant ein. Alle waren einverstanden mit dem Essen. Was Herrn Feder anbetraf, sah Thomas mürrisch drein. Wird sich dennoch das Mahl nicht verderben lassen. Drei Männer, verschiedene Gerichte. Von Schweinemedaillons bis Spaghetti. Der dritte genoss einen Schweinebraten. Sie ließen es sich schmecken. Tranken eine Flasche roten Wein. Der andere Psychologe traf Punkt zwölf ein. Sah den Tisch voller leerer Teller. »Sie haben schon gegessen«? »Wenn es Sie nicht stört, Kollege«, antwortete Thomas Held, der sich über den Bauch streichelte. Der zweite Parapsychologe habe ein ausgedehntes Frühstück eingenommen. Das sei demnach kein Problem. »Wir warten, bis Sie ebenso satt sind, Markus«, kam es von Jonathan. »Ja«, meinte Bruce. »Dafür haben wir Zeit«. Thomas schritt ein: »Nein, Verzögerungen sind übel. Die nächste Leiche ist vorprogrammiert. Zwei junge Damen in 48 Stunden. Führen Sie sich das vor Augen«. Bruce schmunzelte. »Unser Agent und ich haben es gesehen. Ja, die Lage ist schrecklich. Aber hier ist eine Minute früher oder später kein Problem«. Herr Feder nahm einen Schluck aus der Wasserflasche. Er sei jetzt bereit. Der Fall wird aufgerollt. Zwei Teams von insgesamt vier Personen. Das höre sich phänomenal an. Jonathan teilte ein: »Markus mit mir. Thomas mit Bruce. Ihr begebt euch zur Kirche. Wir nehmen das Zentrum in Augenschein. Alles klar«?

Auf der Fahrt kam es zum Gespräch zwischen Markus und dem Agenten. »Sie sehen besser aus, Jonathan«. »Ja. Habe vorhin eine Tablette Risperidon eingenommen. Das hat mich so beflügelt«. »Sie wissen schon, dass sie nicht sofort wirkt«? »Doch, Markus. Für meine Wenigkeit hilft sie schneller«.

Der Parapsychologe ließ es gelten und nickte frohen Mutes. »Sie haben recht so zu handeln, Jonathan. Lassen Sie sich das nicht herausreden. Ihre Einstellung ist verrückt, aber groß. Sie sind ein Vorbild für diesen Staat. Dieser Thomas. Wer ist er? Ein Kollege von mir«?

»Ja das ist er. Er kommt direkt aus Stuttgart. Nehmen Sie ihm das alles nicht übel.

Er ist anders. Wie Sie und ich«. »Ja, Jonathan. Diese Truppe hier scheint mir das zu sein«.

KAPITEL 24

Vor dem Zentrum der Buddhisten fuhr Jonathans BMW heran. Sie stiegen aus und begaben sich vor den Eingang. Der Agent klingelte und Markus sah frohen Mutes in die Gegend. Er war ordentlich und korrekt. Ein Mann erster Güte. Und sein Partner hier kam mit ihm zurecht. Ein stämmiger Mensch öffnete und begrüßte sie. Da Markus den Grund für den Besuch nannte, ließ er sie hinein. Sie seien von der Behörde, die hier ermittele. »Ja, meine Herren. Eine gewisse Aura wird vermisst. Eine Achtzehnjährige. Sie stieg hier ab. Hatte vor sich selbst zu finden. Wenn Sie mich verstehen«.

»Aber klar doch. Sie sind hier der Vorsteher«? »Ja, das bin ich. Die Dame hatte sich hier eingefunden. Sie wirkte jung und unschuldig. Keck war sie ebenso«.

»Ich begreife, dass sie eine psychisch große Frau war«. »Weshalb sprechen Sie in der Vergangenheit von ihr«? »Weil sie verstarb. An Schmerzen verstorben«. Markus fragte nach: »Sagen Sie. Wer ist imstande sie von hier zu entführen? Ihr Exfreund«? »Ein Freund wurde mir nicht vorgestellt. Ich habe keinen gesehen. Doch unser Macho hatte Kontakt mit ihr«. »Sie haben hier einen Mann, der Frauen wie Ware behandelt«? fragte Jonathan. »Wenn Sie den Begriff des Aufreißers so verstehen. Er ist mein Freund«. »Wie ist sein Name«? kam es von Markus.

War das die richtige Frage? Der Psychologe versuchte, mehr in Erfahrung zu bringen. Sein Kollege sah sich das Schauspiel an. Und war froh, dass sein Partner die Sache in die Hand nahm.

Wie stand es um Jonathan in diesen Minuten? Wie verhielt er sich hier? Wenn es zu arg wurde, würde er grob werden. Doch er grübelte und hielt sich deshalb zurück.

Markus bemerkte seine glasigen Augen. »Um Himmels willen, Kollege. Was haben Sie nur«? Der Vorsteher legte seine Hand auf des Agenten Schulter. »Ich bringe Ihnen Wasser. Warten Sie hier«. Sofort war er zurück. Und Jonathan nahm das Glas. Ob es ihn beruhigen würde? Er sprach sich selbst zu: »Ich schaffe es. Werde es gleich überwinden. Nur zu, werter Herr. Berichten Sie weiter von Aura. Das war ihr Name, ja«? »Wir nannten sie so. Ihr bürgerlicher Vorname ist mir entfallen«. »Ist schon okay«, sagte Markus, der wieder das Zepter in die Hand nahm.

Der Mönch schnappte sich das Glas vom Agenten, stellte es auf dem Altar des Zentrums ab. Dann führte er die beiden herum. »Wie Sie sehen haben wir eine Menge Räume für unsere Geistlichen und die Gäste«.

Er öffnete zwei Türen, wo die Zimmer unbelegt waren. Er sprach: »Habe gehört, dass eine zweite Frau verschwunden ist«. Markus: »War sie ebenso hier«? »Nicht, dass ich wüsste«. »Glaube es schon«.

»Sie werfen mir das jetzt vor«? »Ich sehe nur die Tatsachen. Es wurde berichtet, dass sie hier war. Vor kurzem«. Der Psychologe setzte auf Angriff.

Der Vorsteher nahm sich das Glas vom Altar und schmetterte es auf den Boden. »Hier haben Sie es. Die Herren von der Behörde«.

Markus umklammerte den Mönch. Beruhigte ihn. Dieser verstummte. Seine Ausbildung ließ so etwas wie das nicht zu. Wie war er so ausfallend?

Der Psychologe drückte ihn auf den Boden und sah zu Jonathan. Er möge jetzt was sagen. »Wie übel ist es, wenn die Mönche hier so vorgehen wie Sie«?

Der Vorsteher wehrte sich nur wenig. Markus ließ ihn aufstehen und meinte, man möge jetzt wieder nüchtern werden. »Verzeihen

Sie mir. Ich drehe hier durch. Das ist übel. Wie Sie schon bemerkt haben«.

»Lassen Sie uns frische Luft atmen«, kam es von Jonathan, der nur wenig sprach. Sie verließen das Gebäude. Der Vorsteher zog die Türe zu. »Ich stelle Ihnen den Macho vor. Er ist aber jetzt nicht hier«.

»Wann kommt er denn wieder«? »Er gehört zu uns. Hat dennoch Termine auswärts. Kommen Sie morgen früh. Dann ist er da«.

»Sie haben kein Foto von ihm«? »Nein, leider nicht. Wir nennen ihn den Macho. Er hat mehr denn nur eine Frau gleichzeitig«.

»Jonathan. Lass uns einen Kaffee trinken. In der Stadt wird es ein Café geben«. So fuhren sie in die Innenstadt und fanden ein solches. Der Agent setzte sich zaghaft. Markus bestellte. Der Besitzer brachte zwei volle Tassen. Dazu gab es Käse- und Himbeerkuchen. »Sie wissen, was mir schmeckt«? »Habe nur geraten. Essen Sie, mein Freund. Der Kuchen wird sie stärken«. »Wenn Sie das sagen, dann glaube ich es«.

Ein Vergnügen war es nicht, denn Jonathan sah ungut aus. Und Markus ließ es sich nicht anmerken, dass er mitlitt. Er sah dem Agenten in die Augen. »Nehmen Sie es nicht schwer«.

Doch Herr Ammer würgte seinen Kummer heraus. Rot schien sein Gesicht. Und seine Muskeln waren starr.

Wie arg es um ihn stand, vernahm nur er selbst. Alle anderen waren nicht in der Lage in ihn zu schauen.

KAPITEL 25

Jonathan schmunzelte über sich selbst. Es war so, wie er es sah. Ein Dämon lag in des Kellners Augen. Und er starrte wie ein Wilder. So war es erneut wie zuvor mit dem Agenten.

Er schwitzte und haderte. Wie ist es möglich, dass Böses über ihn kam? Nach der Einnahme der Tablette?

»Vergib mir Markus. Die Pille von Thomas wirkt nicht mehr«. »Dann lass uns eine weitere Packung aus der Apotheke kaufen. Wie ist der Name«?

»Risperidon, mein Freund. Okay. Bin einverstanden. Ich bezahle«.

Der medizinische Angestellte meinte, sie benötigten ein Rezept vom Arzt. Da Markus einen Hundert-Euro-Schein vorlegte, war dies wiederum möglich. Jonathan erhielt die Packung. Schluckte eine Pille herunter. »Ich brauche Wasser«, sagte er. Und der Apotheker brachte ein Glas davon. Er trank. »Nehmen Sie jeden Tag eine. Da Sie schon nicht zum Arzt traben, so hören Sie auf mich«. »Ich danke. Werden Sie mir die ganze Schachtel geben«? »Hier bitte«. »Oh, wie nett von Ihnen«, kam es von Herrn Ammer. »Wenn ich helfe, dann ist es das wert«.

Jonathan bedankte sich mit einem Nicken. Mehr war nicht möglich von ihm. Markus streckte seine Faust zum Apotheker. Der Gruß in Zeiten von Corona. »Ich bedanke mich nochmals bei Ihnen. Sie haben Mut«.

Die beiden verließen das Gebäude. Der Psychologe fuhr des Agenten BMW. Da dieser nicht in der Lage war. »Sie sind mir ein Freund, Markus«.

Ein SUV klammerte sich an sie dran. Herr Feder sah es sofort und klärte Jonathan auf.

»Wer verdammt nochmal ist das«? fragte der Agent aufbrausend. »Hören Sie, Markus. Fahren Sie schneller«. Der Psychologe drückte das Pedal durch. »Ihr Wagen ist klasse«. »Ist geleast. Habe bislang nichts gespart. Denn das ist mein erster Auftrag. Zehntausend in der Woche ist nicht wenig. Kommt in ein paar Tagen auf das Konto«.

»Kein übles Gehalt«, meinte Markus. »Habe mich hochgearbeitet«. »Ich lobe Sie für Ihr Engagement, Herr Agent. Da vorne fahren wir von der Hauptstraße ab. Der SUV sitzt uns im Nacken«.

Jonathan sah das Emblem des SUV im Seitenspiegel. »Ein Volkswagen. Erkenne aber den Fahrer nicht«. Markus sah in den Rückspiegel. »Verdammt. Wer ist das? Haben wir Feinde«? »Und ob. Eine ganze Gemeinde. Wenn Sie gesehen hätten, was ich sah. Eine wilde Horde kam heute Morgen über uns«.

»Da vorne ist es«, meinte der Reutlinger Psychologe. »Das ist doch die Kirche, oder«? Jonathan nickte.

Markus stieg aus. Der Agent ließ sich Zeit. Zu schrecklich waren die Bilder. Welche er stets im Kopf hatte in diesen Minuten.

»Kommen Sie«, rief der Psychologe. Der Angesprochene stieß einen Seufzer aus und öffnete zaghaft die Türe. Langsam kam er hinter dem Wagen hervor. Markus zerrte ihn sanft an der Hand. »Sie kennen sich hier besser aus denn ich, mein Freund. Ich brauche jetzt Ihre Hilfe«.

Das ließ sich der Agent nicht zwei Mal sagen. Er, ein Opfer? Niemals.

Die Kraft eines Mannes ist nicht zu bändigen. So schlummerte es in Jonathan. Jetzt schaffte es sich in ihm auf. Er fand Gefallen daran, zu kämpfen. Und Markus vernahm den Mut des Agenten. »Sie sind ausgebufft. Und ein Freund sind Sie dazu«. »Loben Sie mich nicht zu arg. Sonst fliege ich über dem Boden«.

Markus sah ihn an und meinte, Jonathan sei ein Engel. Dieser kommentierte das: »Das ganze Leid formt das Herz um«.

»Wie schlau Sie doch sind, Herr Ammer«. »Nennen Sie mich nicht beim Nachnamen. Jetzt da wir Freunde sind«.

»Einverstanden, Jonathan«.

Markus nahm Anlauf und durchschlug die breite Tür zum Saal. Dieser war leer. »Lass uns den Raum mit den Särgen aufsuchen«, meinte Jonathan.

Die Gemeinde hatte sich nach Hause geschafft. Der Agent war sich dennoch von heute Morgen bewusst, dass eine Dame geschlagen wurde. Erneut. »Sie wird in einem der Särge liegen. Da vorne ist das Zimmer«.

Sie durchschritten den Saal. Neben dem Altar lag die Türe zum genannten Raum. Markus öffnete. Die Holztüre knarzte. Beide traten ein. Der Agent hatte die Hand an der Waffe. Links und rechts nichts zu sehen. Vor Ihnen aber lag jemand auf dem Boden. Mit einem Tuch bedeckt.

Jonathan war nicht in der Lage nachzusehen. Das übernahm Markus für ihn. Er streifte die dünne Decke von einer Leiche. Aus dem Agenten sprudelte heraus: »Das ist unser Kollege. Herr Bruce Stengel. Er war ein Freund für mich«. »Mein Beileid. Wer hat das zu verantworten«? »Sie fragen etwas, das ich nicht in der Lage zu beantworten bin«.

»Es ist lobenswert, dass Sie mit mir reden, Jonathan. Ein Fortschritt für uns«. »Das ist der Schock, Markus. Dieser wirkt hier Wunder«.

Der Psychologe legte das Tuch über Bruce. »Mit ihm ist es vorbei«.

Der Agent sprach ein kleines Gebet. »Er möge sein Leben im Himmel fortsetzen. Gnade für ihn, unser Gott. Er war mir ein Freund und Helfer«.

Markus tröstete seinen Kumpel. Legte den Arm um ihn und seufzte nur.

»Wir suchen den Täter«, sprach der Psychologe. Der Agent meinte, das wären sie Bruce schuldig. Sie hatten keinen Plan. Ließen sich jetzt hier treiben.

»Ich vernehme seine Seele«, sagte Jonathan. »Das ist nicht übel. Es wird uns weiterhelfen. Was spricht Herr Stengel zu Ihnen«? »Absolut nichts. Er ist dennoch da. Vertrauen Sie mir, Markus? Wenn ja, dann hoffen wir darauf, dass sein Geist uns führt«.

KAPITEL 26

Jonathan spickte durch ein Fenster und sah draußen die Spitze eines SUV. »Verdammt, Markus. Das ist er. Der Kerl von vorhin. Der uns verfolgt hat. Da steht er und wartet auf den Stoß mit dem Dolch«. »Dem geben wir es gleich, mein Freund«, antwortete sein Partner. »Ziehen Sie bitte Ihre Waffe. Lassen Sie uns angreifen, wenn Sie einverstanden sind«.

Herr Ammer nickte, doch sodann schritt sein Verstand ein. Denn dieser hämmerte in ihm. *Habe verfluchte Kopfschmerzen. Das hatte ich nie.* »Bitte, Markus. Rückzug«. Er hielt sich die Schläfen und raunte. Da sein Partner das sah, hatte er Mitleid. »Geben Sie mir Ihre Knarre, Jonathan. Ich werde das übernehmen. Wenn Sie gestatten«. »Mir ist nicht gestattet, die Waffe

herzugeben. Aber in diesem Notfall ...«
»Nehmen Sie sie«.

Der Psychologe griff nach der Pistole, die im Halfter an Herrn Ammers Brust saß. »Ist sie geladen«? »In solch einem Fall immer«.

Markus Feder schlich aus dem Saal, in das Entree. Er öffnete die Kirchentüre. Ja, da war ein SUV. Das stimmte. Vorsichtig entsicherte er die Waffe und hielt sie vor sich, zum Schutz. Wenn jetzt einer auftauchte, so würde er schießen. Besser erst zuschlagen und dann fragen. Amerikanische Verhältnisse waren hier an der Tagesordnung.

»Diesen Mistkerl kriege ich schon. Warte einen Moment, Jonathan. Den bringe ich dir auf dem Tablett«.

Da er vor dem Wagen stand, sah er hinein. »Keiner zu sehen«. Er würde doch nicht aus dem Hinterhalt kommen? Womöglich schon. Der SUV war der Köder für die Falle, in die er gleich hineintrat.

Markus sprach mit sich selbst: »Wenn Sie mich fragen, dann sind wir zweimal schlauer denn dieser hier. Hat er doch den Wagen direkt hier stehen lassen. Nachlässig ist er«.

Er vernahm etwas hinter sich. »Verdammt, wer ist da«?

Langsam wand er sich um. Da erschrak er. Ein großgewachsener Mönch mit Maske stand vor ihm. Dieser packte ihn am Hals und drückte zu. Markus röchelte und kämpfte mit den Armen dagegen an. Doch dieser Mann war kräftig genug, um das durchzuziehen.

Zehn Sekunden. Der Psychologe war in Panik. Einen Moment später sackte er ein wenig zusammen. Dann lag er dem Angreifer tot in den Armen. Dieser zog die Leiche hinter sich her. Hinüber zu einigen Müllcontainern, die in hundert Metern aufgestellt waren. Er hievte Markus mit aller Kraft, die er hatte, hinein und schloss den Container wieder. Dann rückte er seine Robe zurecht.

Jetzt der Nächste, rumorte es in ihm und er lief schnell zum Eingang der St. Bonifatius hinüber. Der Agent ist an der Reihe. Hatte dieser sich versteckt? Dieser würde damit rechnen, dass der Verfolger hierher aufschlagen würde.

Er drückte die Türe auf. Es war erstaunlich, dass hier kein Mitglied abgeschlossen hatte. Umso besser für diesen Mönch. War er einer der drei aus dieser Gemeinde? Es sah so aus. Und würde er bis aufs Äußerste vorgehen?

Jonathan hatte sich einen Plan ausgeheckt, obgleich es ihm übel erging. Er war in einem Raum, den er hier nicht kannte. Es schien ihm aber logisch, dorthin zu verschwinden, wo ihn keiner sucht. Und das war nicht die Toilette.

Er hockte auf dem Boden, in eine Ecke gekauert. Ihm schlotterten die Knie. Und das nicht nur weil es draußen kalt war.

Ihm war nicht bewusst, mit wem er rechnete. Hatte den Kerl in der Robe bisweilen nicht entdeckt. Und dieser ihn ebenso nicht.

Ein Alarm drang zu des Angreifers Ohren, der rief: »Mist. Das ist ein Rauchmelder. Wo ist er nur«? Dann schrie er: »Ich werde dich schon finden«. Seine Stimme war durch die Maske verfremdet, sodass Jonathan nicht imstande ist ihn zuzuordnen.

In dem Moment erschrak der Agent. Er wähnte den Mönch nahe. Jetzt ab und davon. Durch den Busch in die Kälte hinaus. Was er vorhatte, ließ er geschehen.

Schon war er aus der Haupttüre. Und rannte um sein Leben. Schnee hatte sich breitgemacht. Er rutschte aus, stand erneut auf und lief in Richtung Stadt. Dort würde er sich verschanzen.

»Nur solange bis es dunkel wird. Dann kehre ich zurück zu meinem Fahrzeug. Mist. Markus hat den Schlüssel. Wo ist er abgeblieben«?

Er verharrte einige Stunden im Hof eines Restaurants. Der Koch schmiss schon mal Abfälle in eine Tonne, da wo Herr Ammer sich aufhielt. Doch keiner sah ihn.

Der Agent sah sich nicht mehr wie ein solcher. So übel stand es um ihn.

Er nahm einen Schleichweg vom Chinarestaurant weg. Folgte dem Pfad, welcher ein Fahrradweg war. Wo ist jetzt St. Bonifatius? Er kannte sich hier nicht aus. »Ich verfluche den heutigen Tag. Der Besuch in diesem buddhistischen Zentrum hat mir nur Scherereien gebracht. Alle meine Freunde sind verschwunden. Bruce schon tot. Und was hat der Tyrann mit Markus angerichtet«?

Er fragte einen Passanten nach dem Weg. Dieser wies ihm den. *Die Leute hier sind nett. Anders denn die der Freikirche.*

Er hatte wieder Aufwind. Der hilfsbereite Einwohner gab ihm Hoffnung. Wer lebt schon ohne diese?

KAPITEL 27

Der Agent war nicht mehr weit von der Gemeinde. Das stieß er auf eine Tonne, aus der ein Bein herausragte. »Mein Gott. Was ist das und wer war das? Das ist die Hölle«.

Er öffnete den Container und sah eine Leiche vor sich. Spickte genauer hin und sah ...

»Es ist mein Freund Markus Feder. Er ist umgebracht worden«.

Jonathan war übel. Er spuckte aus. Er ist sensibel in diesen Tagen. Und jetzt das. Ein Mann, der ein Kumpel war, lag hier teilnahmslos vor ihm. Getötet von einem Unbekannten, der ebenso Herrn Ammer zum Ziel hatte.

Der Agent kramte in Markus Taschen und fand den Schlüssel zu seinem Wagen. Jetzt war er wieder auf dem Höhenflug. Hoffnung keimte auf.

Der BMW stand auf dem Parkplatz der Gemeinde. Wo war der Feind? Wenn er nur wüsste, mit welchen Waffen dieser hier kämpfte.

Er versuchte, den Wagen zu öffnen, doch er war nervös und es gelang nicht. Er wähnte jemanden hinter sich. So war es ebenso bei Markus und dieser ist jetzt tot. Des Unbekannten Opfer.

Bevor er sich umwand, würde er zuerst davonrennen. Das ist nicht eines Agenten Art, aber einige seiner Waffen lagen im BMW. Da kam er jetzt nicht ran. Es war zu wenig Zeit dafür da.

Und so rannte er zur Seite weg, ohne sich umzudrehen. Er war sich klar, dies hier ist elementar übel. Er kannte solche Situationen. Doch früher war er rigoros. Jetzt ist er anders. Verletzlicher.

Er schlug die Scheibe des SUVs des Angreifers ein. Dieser Wagen stand nicht weit.

Sodann öffnete er die Türe, stieg ein und riss die Verkleidung unter dem Lenkrad weg. Dann klemmte er zwei Drähte zusammen und das Auto zündete. Dafür war Zeit. Der Übeltäter hatte es nicht mehr eilig.

Er grübelte. »Scheiße. Der Chef des Zentrums in Reutlingen hatte einiges verschwiegen, denn von da aus war der Angreifer mir gefolgt. Der Buddhist wird meinen Fragen nicht mehr ausweichen«.

Der Weg war beschwerlich, aber nicht lang. Jonathan krümmte sich vor psychischem Schmerz. Ist kaum imstande das Fahrzeug ordentlich zu lenken. Er war jetzt allein auf weiter Flur. Kein Helfer mehr da.

»Bruce und Markus sind tot. Ich werde alle Polizisten der Gegend brauchen. Telefonieren werde ich jetzt nicht. Mir ist übel«.

Er war nicht in der Lage ein Gespräch zu führen. Doch für den buddhistischen Mönch wird sein Antrieb schon genügen.

Er kam vor dem Zentrum an und stieg aus. Ließ den Wagen laufen. Klopfte an die Türe des Klosters.

Ein Mann öffnete. Jonathan erkannte ihn nicht. Dann schaltete dieser das Licht an und der Agent sah den Leiter.

»Sie verdammter Kerl. Sagen Sie mir, wer das alles hier war. Ich bestehe darauf. Wer ist dieser Macho und gibt es weitere sonderbare Menschen hier«?

»Wir haben nur solche Leute. Den Verrückten gehört die Welt«.

»Das haben *Sie* gesagt, Herr Buddhist«.

»Und ich meine es so«.

Der Agent drückte ihn zurück und drang so hinein. Dann schloss er die Türe hinter sich zu. Der Mönch ließ es geschehen. Verrückt zu sein bedeutet nicht aggressiv vorzugehen.

»Haben Sie Wasser«? fragte Jonathan. »Geben Sie mir ein Glas davon«.

Der Mönch spurtete los und brachte eine Flasche. Sein ungewollter Gast trank sie gierig.

»Gott sei Dank. Das beruhigt mich schon. Was Sie dennoch nicht unschuldig spricht«.

»Keine Sorge. Ich werde Ihnen alles berichten, was mir bekannt ist«.

»Bitte ebenso zwischen den Zeilen, lieber Mönch. Lassen Sie nichts aus. Sonst werde ich ungemütlich. Verstehen Sie mich: Dieser Fall wird aufgeklärt. Wenn das meinen Tod bedeutet, dann ist es so«.

KAPITEL 28

»Jetzt setzen Sie sich erst einmal«, meinte der Mönch. »Damit Sie hier nicht umkippen. Was ist denn los mit Ihnen«?

Er nahm Platz und herrschte den Buddhisten an, diesen hätte das nicht zu interessieren, was mit ihm los ist. Und er sei ja vom Staat geschickt.

»Sie werden doch verstehen, dass ich einen Ausweis verlange«.

Jonathan zog eine Karte aus dem Sakko. Dort würde normalerweise eine Knarre liegen. Aber diese war verschwunden. »Mist. Wo ist mein Revolver«?

Der Buddhist schien entschieden: »Wir dulden hier keinerlei Waffen. Selbst Messer nicht. Der Dalai Lama in Indien erlaubt das nicht«.

Jonathan ließ den Kopf hängen und säuselte etwas. Sodann stand er auf. »Wenn Sie jetzt nicht anfangen, dann hole ich mir andere Waffen aus dem Hotel. Dort ruht ein halbes Dutzend davon«.

Der Mönch starrte auf den Ausweis. »Ja, Sie sind vom Staat geschickt. Ein Cowboy sind Sie trotzdem. Mutig und selbstbewusst«.

»Sie kennen mich zu wenig, Herr Buddhist. Mein Zustand ist dieser Tage schwierig«.

»Werden Sie mir erzählen, wo der Schuh drückt«? fragte der Mönch. »Wenn es so ist. Ein, zwei Minuten haben wir«.

Ja, er hatte Zeit, bevor der Maskierte ihn hier aufsuchen würde. Denn dieser hatte keinen Wagen mehr. Oder er schließt den BMW kurz. Dann hatte er null Vorsprung.

Das ließ den Mönch aufhorchen. »Sie werden verfolgt«? Er räusperte sich und es wurde ihm speiübel. Das ist dem Buddhisten nicht bewusst. Die Lage war prekär. Wenn dieses Zentrum gleich befallen würde, dann kämen einige nicht davon.

»Unsere Mönche verlassen sich darauf sicher zu leben«.

»Ist denn der Dalai Lama das«? fragte Jonathan.

»Ja. Relativ«.

»Da Sie das sagen, glaube ich es sofort«.

»Halten Sie mal den Ball flach, Herr Agent. Sie werden mir vertrauen, wenn Sie mich kennenlernen. So es dazu kommt«.

»Gerne werde ich erleben, wie Sie sind. Doch es fehlt dafür an Zeit«.

Jonathan wurde nervös. Der Feind von vorhin stand faktisch vor der Türe dieses Gebäudes. Ob es hier geheime, sichere Orte gäbe? Ja, die haben sie, antwortete das Oberhaupt des Zentrums.

»Kennt der Angreifer diese Räume«?

»Wenn ich wüsste, um wen es sich handelt«.

Der Agent wurde aufbrausend: »Das würde ich ja gerne von Ihnen erfahren«.

Da kamen Sie nicht weiter. Die Lage war nicht abzuschätzen. Es blieben nur wenige Minuten. Und in dieser Zeit würde der Buddhist ihn hier wegbringen. Aber wohin?

»Wir haben einen Kellerraum, den nur ich kenne. Niemand sonst. Dort lagert Proviant, aber keine Waffen. Doch wir sind im Keller sicher genug«.

Jonathan fragte nach dem Netz da unten. Er würde gerne einige Beamte aus Stuttgart alarmieren. »Ihre Verstärkung wird mir hier nicht die Bude zusammenschlagen«? meinte der Mönch.

»Das liegt am Angreifer. Je grober er ist, umso härter der Einsatz der Polizei. Ich kenne jene Polizisten nicht, aber sie trainieren das ein, wie jede andere Station. Und Sie, Herr Buddhist, werden sich da raushalten«.

Der Mönch setzte sich erst einmal. Und atmete ein paar Mal tief durch. Sodann sah er zu Jonathan hinauf. Wenn der Agent sich denn sicher sei mit dieser Analyse, dann folge er ihm.

›Das freut mich. Und ich habe genug Adrenalin, um den Fall doch zu lösen. Selbst da ich nicht gesund bin, so ist der Wille größer denn das«.

›Es ist etwas Psychisches, ja«? fragte der Leiter.

Jonathan nickte bedächtig. Dann setzte er sich hin und sprach: »Werden Sie uns jetzt in den Keller bringen und alle anderen Schutzbefohlenen ebenso? Reicht der Platz denn aus«? Der Raum sei groß genug für zwei Dutzend Mönche und Besucher. »Kein Problem, wenn Sie mich fragen«.

›Dann los«, meinte Herr Ammer und drang in die Zimmer der Bewohner vor, um sie in den Keller zu treiben. Der Leiter half ihm dabei.

Zwei Minuten später war es erledigt und drei Mönche schlossen die Tür von innen ab. Der Raum war praktisch gesehen ein Saal, in das viele Menschen hineinpassten. »Den Bunker hier kennt keiner, Herr Ammer. Schätzen Sie sich glücklich sicher zu sein«. Jonathan kauerte in einer Ecke. Sah traurig und hoffnungslos drein. Die Sache klärte sich nicht auf. Sie wurde sogar brenzlig. Es war nicht auszuschließen, dass der Maskierte eine Scheibe seines BMWs einschlug und zwei Waffen daraus barg.

Jede Menge Munition lag ebenso darin verstaut. Und sie würde leichter zu finden sein, denn ihm lieb war. Hätte er sie doch besser versteckt.

»Kommen Sie bitte aus den Gedanken heraus, Agent. Das hilft uns jetzt nicht«. Was er sonst veranstalten möge? fragte Herr Ammer. Er werde alles durchdenken. Wie würde es laufen? Diese Jagd. Und wie endete sie womöglich?

KAPITEL 29

Herr Ammer horchte durch die schwere Türe. Dann sah er einen Schlitz unten am Boden. »Wenn er das sieht, wird er uns vergasen, werter Buddhist. Das haben Sie nicht bedacht. Was ist das für ein verdammter Bunker«?

Der Mönch sah missmutig drein. Er wisse ja nicht, dass hier ein Krieg ausbreche. Das verunsicherte Jonathan. Er krümmte sich auf dem Boden und legte die Hände um den Kopf. Zwei Buddhisten kamen heran und setzten sich zu ihm. Sie sahen seine Lage, obgleich ihnen nicht klar war, was er hatte.

»Werter Herr. Atmen Sie tief durch die Nase ein und durch den Mund wieder aus. Das wird helfen«. Jonathan schmunzelte ein wenig. Sein Zustand war besorgniserregend. Doch dieser Satz half schon ungemein. Und so atmete er ein und aus.

Er hörte Schritte durch die Türe hallen. Es war jemand in den Gängen dieses Bunkers. Er hoffte, es wären Polizisten. »Oh, Mist. Ich habe vergessen, Hilfe zu rufen«. Er bat um ein Smartphone. Einer der Mönche gab ihm eines. Er hatte Netz, wählte den Notruf. Und bat um einen Trupp Einsatzkräfte. Am besten die SEK, so meinte er.

Die Dame am Telefon war zunächst nicht sicher. Rief dann aber beim Innenminister an. Und ließ sich das Okay geben. »Herr Agent«, sagte sie. »Ich werde sofort einen Trupp der SEK schicken. Sie sagen, Sie sind in einem Bunker in Reutlingen? Seien Sie froh, dass Sie da Empfang haben. Wir werden Sie dort orten. Lassen Sie dazu das Smartphone eingeschalten«. »Kein Problem«, meinte er und legte das Handy auf den Boden.

Jonathan richtete seine Aufmerksamkeit erneut auf den Gang vor der Türe. »Hören Sie das«? sprach er den Führer dieses Zentrums an. Dieser gab sich naiv und unwissend. »Vernehmen Sie es? Da ist jemand. Sie sagten, keiner kennt diese Räume«.

»Es gibt doch einen, dem es bekannt ist. Sorry. Ihn hatte ich nicht auf dem Schirm«. Herr Ammer hatte nicht die Kraft zu wüten. Würde es aber gerne. Er sah den Anführer vorwurfsvoll an. *Ihm ist klar, wer es ist. Meine Güte. Sage mir, wer es ist. Kenne ich diesen Burschen?*

Der Mönch druckste herum. Er würde es nicht verraten. Das war sein Gesichtsausdruck. Und der gefiel dem Agenten keineswegs.

Jonathan erhob sich, lief zwei Schritte. Setzte sich in die Ecke und kauerte dort. Winkelte die Beine an und verschränkte den Kopf dazwischen. Er würde nichts mehr hören und so legte er die Hände auf die Ohren.

Er hatte erneut einen Anfall. Wie schon die letzten zwei Tage. Immer mal wieder. Und jetzt schien es ihn hart zu treffen.

Der andere Mönch schnappte sich sein Smartphone zurück und steckte es ein. Ließ das Gerät aber eingeschalten.

Er sprang auf, da eine Person mit ganzem Körpereinsatz gegen die Tür rammte. Er verschränkte die Arme um den Kopf. *Gleich bricht hier jemand durch. Ich werde mich verstecken. Hier, in die Ecke. Zu dem Agenten. Er hat recht hier zu sitzen. Da draußen scheint es heiß zu sein.*

Der Anführer des Zentrums versuchte, die Lage zu beruhigen. Hob die Arme und ließ sie langsam wieder herab. »Nur die Ruhe. Hier kommt keiner rein. Ich werde Ihnen nicht verraten, wer das ist. Bin zu loyal. Dennoch bin ich gerne im Namen dieser Gruppe bereit mit ihm zu verhandeln«.

Er sah zum Agenten. Der kauerte in der Ecke. Und war nicht ansprechbar.

Der Mönch war wütend auf Jonathan. Hätte hier gerne seine Hilfe. Dann beruhigte er sich selbst. Dazu sind Buddhisten fähig.

Ihm war bewusst, wer das da draußen ist, er kannte den Mörder. Deckte ihn quasi.

Jonathan war kurzum weggetreten. Einer der Mönche sah das und huschte schnell herüber. Klopfte ihm auf den Scheitel. »Chef«, meinte er zum Anführer. »Er ist ohnmächtig«.

Der Chefbuddhist gab sich hier unwissend, war keine Hilfe. Sagte aber, er würde verhandeln. Die Polizei sei unterwegs. Solange zöge er die Szene hinaus. In diesem Moment nahm einer eine Flasche Wasser, öffnete sie und kippte den Inhalt über Herrn Ammer.

»Sie sind wieder unter uns«, meinte der Chef. »Lassen Sie mich zu ihm sprechen. Ich kenne diesen Mann. Er ist fähig mit uns zu reden«.

Jonathan erhob sich langsam und lehnte sich gegen die Türe. Der Anführer hielt ihn fest. Dadurch stand der Agent jetzt erneut aufrecht.

Sodann sagte er durch die Tür: »Mein Freund. Lasst uns Frieden schließen. Das alles hat keinen großen Wert«.

Vor der Türe stand der Mann mit Robe und Maske. Er sprach: »Diese Frauen gehören mir, verdammt«. Jonathan flüsterte: »Ich erkenne seine Stimme nicht. Die Gesichtshülle lässt ihn anders wirken oder er ist ein Fremder«.

Der Anführer meinte, er wisse trotzdem, wer das sei. »Verzeihen Sie mir, Herr Ammer. Ich werde ihn nicht verraten. Aber gleich kommt Ihre Verstärkung. Die wird ihn stellen«.

»Was für einen Unterschied macht das, wer ihn stellt? Sagen Sie schon, wer er ist«. Der Anführer hob zur Rede an. Dann donnerte der Angreifer erneut gegen die Türe.

KAPITEL 30

»Eure Verstärkung kommt woher? Aus Stuttgart? Wie lange wird es dauern, bis sie hier aufschlägt? Bis dahin seid Ihr alle tot«.

Der Mann mit der Maske trat auf der Stelle. Vor der Kammer, die ein Bunker ist. Wie würde er jetzt handeln? Wird er den Eingang einschlagen? Waffen hatte er dabei. Eine in der Hand, die andere am Körper. Munition war ebenso vorhanden. Jonathan hatte es ihm auf dem Tablett serviert.

Er schoss auf das Schloss. Einmal, nochmals. Die Opfer traten zurück, da sie die Schüsse hörten. Der Anführer der Mönche in diesem Hause sprach ihn an: »Mein Freund. Das lässt du bitte sein. Du brauchst die Frauen. So erhalte sie. Meinetwegen. Aber hier zwei

Dutzend Menschen auf einmal umzubringen, da gehst du zu weit«.

Der Agent hatte jetzt Mut und rief: »Sie haben Bruce Stengel und Markus Feder umgebracht. Womöglich ebenso Thomas Held. Er ist nicht mehr da. Wie werden Sie handeln«?

Sodann begab sich der Agent auf den Boden und schluchzte. Ein Mönch setzte sich dazu und umarmte ihn feinfühlig. Das gab schon Trost. Er stieß seine Stirn zaghaft auf die des Buddhisten. Dieser lächelte.

Ja, ein solcher Geistliche hat Mitgefühl mit seinen Mitmenschen. So war es hier. Und Jonathan projizierte es auf alle Mönche. Einzig und allein der Chef war eine Ausnahme.

»Hör zu, Buddhist. Ich werde dich töten. Habe die Türe gleich aufgeschossen. Nur eine Frage der Zeit. Du weißt, zu was ich fähig bin. Und du wirst meine Identität aufdecken. Deshalb stirbst du ebenso«.

Der Anführer schreckte auf. Ihm wurde jetzt bewusst, dass sein Leben am seidenen Faden hang. Und das aller in diesem Raum.

Er überlegte kurzum, wie zu handeln war. Sodann kam ihm ein Gedanke. Er wandte sich an Jonathan Ammer. Dieser hörte, trotz Schwachheit, zu.

»Im Untergrund liegt ein Durchgang. Er führt hinter das Gebäude. Der Eingang ist eine Luke direkt unter dem Teppich dort drüben«.

Er sprang dahin und entfernte ihn. Darunter war ein Griff, den er öffnete. Er würde die ganze Bande hier retten. Mit dieser einen Handlung.

Er winkte die Mönche heran. Einer nach dem anderen kletterte eine Treppe hinunter. Jonathan saß in der Ecke. Der Geistliche, der ihn vorhin getröstet hatte, nahm ihn bei der Hand und half ihm, dem Raum zu entkommen.

Der Anführer war der Letzte. Eine Geste, die ihm schmeichelte. Der Kapitän verlässt das Schiff ...

Es gab nur einen Gang da hindurch. Auf der anderen Seite stieß der erste Buddhist eine Klappe auf und kletterte hinaus in die frische Luft. Es war dunkel draußen. Doch sie kannten sich hier aus. Der Mörder aber ebenso.

»Beeilung«, sprach der Chef. »Zur Polizeistation. Schnell«.

Jonathan war nicht fähig, einen Satz vorzubringen.

KAPITEL 31

Jonathan krächzte den Anführer an. Ob sie denn mit Waffen hantieren fähig seien? Niemals werden sie eine Pistole in die Hand nehmen. »Doch. Ich habe einen Waffenschein«, sagte einer der Mönche zaghaft und schuldhaft.

Der Agent bäumte sich auf, hob den Kopf und sprach: »Wir werden gleich im Polizeirevier von Reutlingen sein. Sind Sie bereit, sich mit einer Waffe ausstatten zu lassen«?

»Ich denke schon«, meinte der Mönch. »Okay. Werde die Polizei unterstützen. Wenn Sie mich brauchen, bin ich bereit«.

»Ihr Kopf hängt hier ebenso, Herr Anführer«, stieß Jonathan aus und sah zum Buddhisten-Chef.

Bei diesem schlug es ein, wie bei einem Blitz. »Ja okay, ich werde der Polizei helfen. Alle werden künftig in Frieden leben. Ich bin es schuldig, weil der Feind aus unserem Ort ist.

Der Name des Mörders aber blieb unerwähnt. Da ist der Mönch loyal. Wäre er durchtriebener und hätte die Situation aufgelöst, dann ... Würde er nur über den Schatten springen.

Ein Mönch griff nach dem Anführer und half ihm auf. Dann löste sich die Gruppe von diesem Gebäude. Sie nahmen die ersten Schritte. Der Agent schaute verwirrt. Er war nicht von hier. Einer der Buddhisten aber lief vorneweg. Er kannte den Weg.

Jonathan sah sich um und flüsterte: »Ich vernehme etwas hinter uns. Jemand ist uns auf den Fersen«.

Er blieb stehen. Er würde jetzt mit dem Angreifer abrechnen. Er nahm sich einen großen

Stein vom Schotterweg. Mit aller Macht würde er zuschlagen. Ohne Hemmung.

Der Buddhisten-Chef sah um sich, erkannte Herrn Ammer zurückfallen. Der Agent winkte ab. Alles war in Ordnung. Und so nahm der Fragende wieder Fahrt auf und schloss abermals zur Gruppe auf.

Herr Jonathan Ammer versteckte sich hinter einem kleinen Busch. Groß genug, um nicht gesehen zu werden. Er räusperte sich. »Mist. Wenn er mich hört, bin ich geliefert«. Er legte sich flach auf den Boden und krächzte. So ein Scheiß.

Sodann vernahm man Schritte nahen. Der Mann war mit einer Robe verdeckt. Sein Gesicht zierte eine Maske.

Jonathan sah ihn kommen und flüsterte: »Es ist einer der Priester der Gemeinde in Böblingen. Wer hätte das vermutet. Ist ja einleuchtend. Wer sonst hat ein Motiv? Diese Geistlichen sind durchtrieben. Mörder sind sie«.

Der Totschläger blieb stehen. Er hörte ein Rascheln aus den Büschen in seiner Nähe. Der Agent würde entdeckt werden. Was hatte er zu verlieren? Und so sprang Herr Ammer hervor und drückte den Angreifer zu Boden.

»Jetzt habe ich dich. Du Lüstling. Eine Achtzehnjährige. Wie hast du sie so verschandelt«?

Der Totschläger schrie aus Leibeskräften: »Ich bin nicht der, den du vermutest. Runter von mir«. Mit diesen Worten stieß er Jonathan von sich. Beide erhoben sich. »Lüfte dein Geheimnis. Es ist alles aus«.

Der Priester griff nach seiner Maske und zog sie zaghaft und sanft von seinem Gesicht. Ließ sie zu Boden fallen und sprach: »Und? Hast dich geirrt, oder«?

»Und wie ich danebenlag«.

»Und was geschieht jetzt mit uns, Herr Ammer«?

»Thomas Held. Dich habe ich nicht erwartet. Du hast die Frauen der Gemeinde zugeführt«?

Dieser antwortete brüsk: »Ich bin ein Lüstling und habe schnell null Interesse mehr an den Frauen. Habe sie benutzt und fallenlassen. Niemand möge sie haben außer meiner Wenigkeit. Und glaube: Keiner hatte sie vor mir«.

»Dann sind sie alle Jungfrauen. Wie schrecklich bist du«?

»Wie du weißt, bin ich Parapsychologe. Das ist eben ein schmaler Grat. Leute wie unsereiner sind verrückt. Und was ist die parallele Welt anderes denn das«? Jonathan grübelte kurz, trat nah an Thomas Held heran und fragte: »Demnach bin ich ungesund«?

»Wer sagt denn, dass die Wahrheit gesund ist? Die andere Welt ist real, aber schräg. So sieht es eben aus, werter Herr Agent«.

Er hatte sich nicht geirrt. Ja, er selbst war verrückt. Benahm sich so. Und sah es ein. Dass aber ein Psychologe eine wirre Seele hatte, das war ihm neu. Bis dahin kannte er diese Berufsgruppe nicht. Nur vom Hörensagen.

Thomas Held zog seine Waffe. Es war eine aus Jonathans Bestand. »Jetzt wirst du sterben. Bist eben nicht groß genug. Und ja - sehe dir deine Frage an – ich habe Bruce Stengel und Markus Feder abgeschlachtet. Ich habe nichts mehr zu verlieren. Das mögest du zum Schluss wissen«.

Jonathan hielt inne. Schweiß kam aus seinen Drüsen. Er würde einen lässigen Spruch benötigen. Und eine schnelle Handlung, um dem Tod zu entkommen.

Er schlug dem Widersacher die Waffe aus der Hand, schubste ihn weg. Bückte sich und nahm seinen Revolver auf. Richtete diesen auf den Verrückten. Er war drauf und dran, abzudrücken. *Verdient hat er es. Die Erlösung erhält er aber von mir nicht.*

Er brachte den Mörder zum Revier. Da saßen schon seine neuen Freunde vom buddhistischen Zentrum. Der Chef sah zu Boden, da er Thomas Held über des Agenten Schulter liegen sah.

»Das hätten wir schon früher aufgedeckt«, schrie Jonathan. Legte Thomas vor einem Beamten ab und setzte sich in eine Ecke. Dabei umklammerte er mit den Armen seinen Körper und zitterte.

»Benötigen Sie einen Arzt«? fragte ein Polizist fürsorglich. »Ja, bitte«, antwortete der Agent, zog die Waffe aus dem Halfter und legte sie beiläufig auf dem Boden ab.

»Ich habe genug von alledem«.

KAPITEL 32

Das Zittern wurde immer mehr. Doch Jonathan hielt sich tapfer. Solange, bis ein Arzt ihn sich anschauen würde. »Meine Güte«, sagte ein junger Beamter. »Dieser Herr sieht aber dreckig aus. Chef. Kommen Sie mal bitte«.

Der Leiter der Wache kam herbei, eilte praktisch zum Jüngling. Dieser zeigte mit dem Finger auf den Agenten.

»Mein Herr. Was haben Sie denn«? Dann schrie er in den Raum: »Hat ein Arzt ihn schon angesehen«?

Der Agent sah übel aus, er schluchzte und stöhnte. Schweiß rann das Gesicht runter. Der Chef-Buddhist meinte freundschaftlich, er möge ein- und ausatmen. So beruhige er sich. Doch Jonathan würde diesen Kerl nicht mehr riechen.

Er sah an ihm vorbei. Hinüber zu Thomas Held und flüsterte: »Da ist mir dieser Mörder fast schon lieber denn du dämlicher Hornochse. So nenne ich dich von jetzt an. Doch es ist besser, wenn wir uns nicht mehr sehen. Das hilft mir ungemein«.

Der Buddhist hatte verstanden, hielt dennoch nicht hinterm Berg und sprach, etwas lauter: »Er war mein Freund aber du weißt ja nicht, was das ist, Herr Einzelkämpfer. Deshalb habe ich ihn nicht verpfiffen«.

Das traf Herrn Ammer nur gering. Er war gegen solche Ausdrücke schon abgehärtet. Das war ein Vorteil. Er wurde stärker und kräftiger. Wie sonst hätte er Thomas überwältigt? Das lief nur mit Willenskraft.

Zwei Beamten nahmen ihn auf und brachten Herrn Held in eine Zelle. Er schwitzte wie ein Hund. Jetzt hatte man ihn doch erwischt.

»Morgen früh werden Sie dem Haftrichter vorgestellt«.

Da ein Beamter dem Chef der Wache die Anklagepunkte verlas, die er zuvor notiert hatte, staunte dieser nicht übel. Dann rief er Thomas hinterher: »So schnell wirst du nicht mehr in Freiheit leben, mein Freundchen«.

Doch der Mörder lachte grausam und antwortete: »Sagen Sie nicht das, sondern nur Freund. Eine gewisse Höflichkeit möge schon sein, Chef«.

Jener holte aus, um Thomas eine zu verpassen, wurde aber von seinem Stellvertreter zurückgehalten. »Dieser Bursche ist es nicht wert, dass du hier angeklagt wirst. Schau nur wie viele Zeugen er hier hat«.

Er stellte sich vor den Chef und umarmte ihm dann. Jener flüsterte in sein Ohr: »Du bist ein feiner Kollege. Wenn ich dich nicht hätte, läge unsereiner schon in der Anstalt. Lass uns einen Kaffee trinken«.

»Ja, den könnten wir jetzt gebrauchen, Chef. Ich werde nur vorher nach dem Arzt sehen. Der Mann da auf dem Boden hat Besseres verdien‑«.

KAPITEL 33

Der Beamte und der Revierchef schlürften an ihren Kaffeetassen. Da kam ein Mann, Mitte fünfzig und stellte sich vor: »Ich bin der Amtsarzt. Wo ist der Patient«?

»Na hören Sie Herr Doktor. Sehen Sie ihn nicht hier am Boden liegen«?

»Nur nicht frech werden. Lassen Sie mich jetzt meiner Arbeit nachgehen«.

Und so beugte er sich zu Jonathan und es kam die erste Frage auf: »Auf einer Skala von ein bis zehn. Wie hoch schätzen Sie ihre Gesundheit ein«?

Der Agent starrte ihn an. Schüttelte den Kopf und sprach: »Übel. Eine 3«.

Der Arzt zu ihm: »Patient. Diese Zahl ist nicht so übel«.

Der Beamte sah missmutig drein, trat vor den werten Doktor und herrschte ihn an: »Sagen Sie. Welche Methoden setzen Sie hier ein? Das ist absurd. Sie sehen doch, wie er zittert und schwitzt«.

Die Lage schien heikel. Der Arzt sah sich unterwandert. Nein, er war eine Respektsperson. Nicht wahr? Jemand der sechs Jahre studierte und dann weitere solche zum Assistenzarzt versuchte, ist sich im Klaren, was er sagt.

Doch der Revierchef schaltete sich ein. Er drückte alle weg und stand Jonathan zur Seite: »Dieser Mann ist ein deutscher Agent. Er ermittelt hier im Namen des Volkes. Was sagen Sie jetzt, Herr Amtsarzt«?

Dem Doktor hing die Kinnlade runter. »Sie sind ein Agent? Dann sind wir Kollegen. Jonathan ist Ihr Name«?

»Ja, so ist es. Hören Sie. Ich habe Wahnvorstellungen und fühle mich kränklich.

Mit letztem Willen habe ich den Mörder gestellt«.

Der Arzt lobte ihn, was ihm schwer auf den Lippen lag. Das war er nicht gewohnt. Dann sagte er zu Jonathan: »Sie bekommen eine Tablette Amisulprid. Diese wird den Wahn nehmen ... und hier ein Beruhigungsmittel, das lege ich Ihnen auf die Zunge. Es wird darauf schmelzen. Nicht schlucken«.

Nach einer Minute sagte der Doktor: »Jetzt das andere Medikament«. Ein Polizist brachte ein Glas Wasser, stolperte dabei fast über den Polizeihund, der seelenruhig auf dem Boden lag und schlief. Doch da erwachte das Tier, aber es war der Beamte, der es anfauchte. »Warum lungerst du hier herum? Hast nichts Besseres vor«?

Der Revierchef klagte jetzt seinen Untergebenen an. Der Schäferhund sei ein treuer Begleiter. Wie viele Menschen er schon unter Trümmern gefunden habe. Er gehöre hierher, wie du und ich. Der Angesprochene sah zu

Boden und war gedemütigt. Selbstbewusst war er nicht, um was zu sagen. Gegen den Chef erst recht nicht.

Der Arzt half dem Agenten auf, dieser stützte sich an ihm auf. Er würde sich gleich beruhigen. Und die Arznei würde bald wirken. Jonathan sah schon einmal freundlicher aus. Das sah der Mediziner und streichelte ihm über den Rücken. »Das wird. Ich kenne mich damit aus. Bin Facharzt für Psychiatrie und Psychotherapie«.

Der Revierchef hörte das und grinste. »Dann haben wir hier ja den richtigen Mann an Ort und Stelle ... und Sie Herr Polizeimeister. Das haben Sie vortrefflich gelöst. Wir haben hier die passenden Leute für Jonathan«.

Der Untergebene sagte, er habe hier im Revier gelernt. Und er habe die Prüfung vor drei Monaten abgelegt. Doch er wolle hoch hinaus, ein Kommissar werden. Das war dem Chef bewusst, Ausnahmen aber gäbe es nicht. Sein

Schützling werde geprüft wie jeder andere. Seine Ambition wäre schon einmal passend.

KAPITEL 34

Jonathan wurde geholfen, man legte ihn in ein Bett, doch er zwang sich aus dem Griff. Nein, er wolle zurück nach Böblingen.

Das müsse jetzt nicht sein, so der Amtsarzt grimmig, aber fürsorglich.

Er lehnte den Agenten erneut auf das Kissen. Doch Herr Ammer hatte eine letzte Prise Frechheit. Und diese setzte er ein. Mit aller Macht und Kraft. Er drückte des Doktors Arm zur Seite und erhob sich aus dem Bett. Dann stand er da, mit Stärke und Hoffnung, dass die Gerechtigkeit siegen möge.

Wenn es nicht anders ginge, so der Arzt. »Doch ich gebe Ihnen erneut etwas zur Beruhigung. Hier nehmen Sie eine davon«. Er gab ihm Tablette und ein Glas Wasser. Herr Ammer schluckte die bittere Pille herunter.

Dann lief er direkt zum Revierchef.

Dieser sah verwundert drein. »Sie stehen schon wieder auf? Für mich scheint es zu früh. Aber okay, was liegt Ihnen auf den Lippen? Sie sehen so aus, wie wenn Sie auf dem Sprung sind«.

»Das bin ich. Die Kirche in Böblingen hat ebenso Schuld wie Thomas Held. Sie haben die Frauen ausgepeitscht. Sie ermordet. Die Mönche in den Kutten haben das Übel vollbracht«.

Der Revierchef grübelte, sah sich Jonathan an und meinte, der Agent werde jetzt kein Auto fahren. Doch er schicke ihn mit vier Mann dorthin.

Herr Ammer hatte alles verstanden. Grinste ein wenig, quälte sich dennoch umso mehr. Ist das Grinsen echt? Ja, das war es. Die Qual aber schwang mit.

Und der Revierchef kannte sich mit Psychologie aus. Das würde man ihm nicht abreden. »Herr Ammer. Wissen Sie was. Ich fahre mit und Sie sind mein Beifahrer. Einverstanden«?

Der Agent nickte vorsichtig. »Alles klar«, kam es zaghaft aus dem Mund.

Der Revierchef zückte einen Schlüssel und schleifte Jonathan quasi zu seinem Auto hin. Er öffnete ihm und der Agent setzte sich behutsam hinein. Der Fahrer schnallte sich an und zündete das Fahrzeug. Und ließ die Reifen laufen.

Was ist denn mit ihm los, fragte sich Herr Ammer. Er selbst war heute vorsichtig. Das ist der Krankheit geschuldet. Früher war er hartgesotten. Da er Soldat der Bundeswehr war. Und jetzt, in diesem Fall, möge er genauso sein. Ist er aber nicht. Er hoffte, dass der Revierchef ihn nicht bei der Regierung meldete. Sonst wäre der Job weg. Er müsse in Rehabilitation. Und wann könne er dann wieder arbeiten? Und auf welcher Stelle?

Im Innendienst? Nicht durch die Welt brausend. Und das war es, was er sich vor einigen

Tagen wünschte. Mal hier oder dort. Ein Macho und Lebemann. Daniel Craig ist sein Vorbild. Kein übles. Spitze durchtrainiert, das war Jonathan ebenso. Doch er würde in kurzer Zeit abbauen. Seine Muskulatur würde schwinden, weil er psychisch labil war.

Zu Trainieren lag ihm nicht und er aß wenig. Schon bald würde er vollschlank sein. Von einem Agenten keine Spur mehr. Und ein solcher würde auf jeden Fall geistig voll da sein.

Sie fuhren mit drei Autos nach Böblingen. Vorneweg der Chef und Jonathan. Dieser meinte: »Mist. Es ist mitten in der Nacht. Da ist niemand da und ich würde sie gerne sofort ertappen«.

»Doch wir werden Spuren finden, Herr Ammer. Ich rufe den Spurendienst an. Keine Sorgen. Wir sind gleich da«.

Alle Beamten stiegen aus, doch die Haupttüre war verschlossen. Einer der Einsatzkräfte schlug ein buntes Fenster ein und begab hinein. Dann öffnete er dem Trupp. Sie durchsuchten das Gebäude. Jonathan lief hinter dem Team her. »Scheiße, ich habe keine Waffe dabei«. »Hier haben Sie meinen Schlagstock«, sagte ein Polizist und gab ihm diesen. Herr Ammer nahm ihn gerne an. Eine Kugel abwehren würde er so nicht. Doch er vermutete nicht, dass die Gemeindemitglieder Pistolen hatten.

KAPITEL 35

Der Revierchef lief mutig vorneweg. Das hatte Jonathan gar nicht erwartet. Heutzutage schreitet ein General nicht in der ersten Reihe voran. Doch die Schwaben hatten durchaus Mut. Und das zählte jetzt.

»Die Kirche ist leer«, meinte der Chef an alle. Die Beamten fanden keine Menschenseele, da sie jede Ecke pickgenau durchsucht hatten.

Kurze Zeit später traf die Sicherung ein. Sie filzten alles. Fanden Spuren im Schnee und ebenso in der Halle. Doch was sagte das aus? Vielmehr werde man sich den Keller anschauen. Herr Ammer versuchte, den Revierchef dorthin zu lotsen. Dort sei die Kammer des Schreckens.

Es standen zwei Särge drin und Jonathan öffnete den ersten mit aller Leidenschaft. Nein, er sei nicht verrückt. »Sehen Sie da, Chef. Eine Leiche« Dort lag eine Frau. Der Revierchef schätzte sie auf achtzehn oder neunzehn Jahre und da war erneut dieses Schema. Junge Damen wurden aus dem buddhistischen Zentrum verschleppt und hier massakriert. Zwei Beamte wendeten die Leiche, nachdem Jonathan sie darum bat. »Ja. Ich sehe eindeutig Striemen von einer Peitsche, Herr Ammer. Sie sind nicht verrückt. Diese Gemeinde hat Dreck am Stecken Und wir hebeln das Ganze hier und heute aus«. »Chef«, meinte ein Beamter. »Diese Nacht schnappen wir hier keinen mehr. Aber wenn wir bis morgen früh warten, dann schon, oder Herr Agent«?

Jonathan setzte sich erst einmal auf den Boden. Erneut ein solcher Anfall von Erschöpfung. Er rutschte auf dem Hosenboden nah an die Leiche und den Sarg. Dann kratzte er der Frau die Kruste vom Rücken, dort wo

Peitschen vor kurzem ihren Weg auf das Fleisch gesucht und gefunden hatten.

»Die drei Mönche, Herr Polizeichef. Diese waren das«, meinte der Agent jetzt kräftig. »Und die Gemeinde hat ihre Lieder dazu gesungen. Das war schrecklich«.

»Sie haben es aus erster Hand erfahren«.

Ja, er habe es mit eigenen Augen gesehen, und mit den Ohren gehört. Die Gesänge wären Zeilen, um die Damen Gott zu opfern.

Der Polizeichef setzte sich zu Jonathan. »Wir bleiben die Nacht über hier. Wenn morgen früh jemand aufschließt, schnappen wir uns diese drei Mönche und reden auf die ganze Gemeinde ein. Das ist doch nicht zu arg verlangt, wertes Team«?

Die Teammitglieder schüttelten die Köpfe. Sie werden sich hier und heute Nacht eine Schlafstätte bauen. Man würde Decken benötigen. Die gab es in den Fahrzeugen.

KAPITEL 36

Die Polizisten holten Decken. Legten Sie auf den Boden aus und kuschelten sich hinein. Da Herr Ammer eine Tablette hervor zückte, brachte ein Beamter ein Glas Wasser. Der Chef aber staunte: »Sie nehmen eine große Menge davon ein«? »Die benötige ich. Verstehen Sie das nicht«?

»Um das zu begreifen, wird unsereiner leiden, doch wer braucht das? Nein, ich checke das nicht. Mir sind ebenso Ihre Symptome nicht geläufig«.

Herr Ammer nickte und legte den Kopf auf seine Decke. Umschlang seine Arme um eine weitere. So wie er eine Frau umarmte. Kuschelig war es ihm, obgleich draußen der Schnee tobte. Diese Wärme war phänomenal. Das kannte er nicht. Sein Beruf ließ es nicht zu. Zuerst Soldat, jetzt Agent. Das war kein Zuckerschlecken.

Er lebte allein in Berlin. In einer Dreizimmerwohnung, mit Dachschräge. Das war nicht weiter übel. Er liebte es ein wenig verrückt.

Er hatte keine Badewanne, dafür eine Dusche. Und eine Küchenzeile für zwanzigtausend Euro. Für diese Wohnung benötigte er zudem Duschwände und Schränke. Das war eine Menge Geld, welches er heute hatte.

Doch was würde geschehen, wenn man den Agenten verpfiff? Ihn zum Kranken outete? Der gutbezahlte Job wäre dahin. Keine Zukunft mehr. Null Gehalt, höchstens eine Berufsunfähigkeitsrente. Dann habe er Zeit für sich. Große Sprünge werden aber nicht drin sein.

Was solls? Er spinnt sich jetzt, in dieser Nacht, so seine Gedanken über sein Leben. Hätte er damals Jeanette geheiratet, dann sähe es heute anders aus. Er würde Kinder großziehen, eine Familie, die ihn unterstützt haben. Okay. Er hatte Geschwister und Nichten und Neffen. Und diese waren ihm schon nahe. Doch in seiner Wohnung vereinsamte er immer mehr. Er werde sie öfter mal einladen. Für Sie kochen. Mit ihnen reden über dies und das. Die Lage war heute, da es ihm übel erging, ohne Aussicht. Denn es würde heißen, er meldet sich jetzt, da er Hilfe braucht. Seine Geschwister könnten darauf verweisen, dass er mit seinem Job verheiratet war. Da möge doch die Bundeswehr einschreiten. Der dürfe aber nichts davon wissen. Wie arg würde man ihn da unterstützen? Das war nicht die Diakonie.

Er überlegte. Oder der Staat kümmere sich um ihn? Ließ ihm Zeit zum Heilen. Wie lange benötigte er? Ein halbes Jahr. Ja, dann wäre er erneut einsetzbar. Er werde es mit einem Psychiater besprechen.

Er fragte den Polizeichef, ob er ihm raten würde, den Amtsarzt von vorhin anzusprechen?

»Er war doch nett, nicht wahr? Und würde er mich behandeln«?

Er meinte, des Agenten Krankenkasse würde das schon stemmen. Oder er würde hier, im Dienst der Polizei, stehen. Dann wäre der Arzt ebenso für ihn da. »Sie ruhen sich aus ... und in einem halben Jahr, wenn es besser aussieht, würde ich Sie einsetzen. Bleiben Sie hier bei uns«.

Er meinte brüsk, dieser Job sei unter seinem Lohnniveau. Und auf diesem bestehe er. Wie könne er auf tausende von Euros pro Woche verzichten?

»Da ist schwer mitzuhalten«, sagte der Chef. »Doch die Kollegen sind Spitzenklasse. Und Sie brauchen nichts zu verheimlichen«.

Jonathan grinste. Ja, er habe recht. »Ich werde über meinen Schatten springen und zusagen«.

Er überlege, was sein jetziger Job ihm brachte, und zwar Nervenkitzel. Doch der Chef räumte ein, so wie heute ginge es hier nicht zu. Sie wären eine kleine Stadt. »Schade, ist schon meine Kragenweite. Aber ich brauche mehr davon«.

»Wenn das so ist, dann fahren Sie morgen heim«. Der Fall sei fast aufgelöst. Und er würde Jonathan wegen der Krankheit nicht verpfeifen.

KAPITEL 37

Alle schliefen. Es war mitten in der Nacht und stockfinster. Ein »Miau« kam aus der Toilette. Was hatte eine Katze auf dem Klo einer Kirche zu suchen? Die Sache stank gewaltig. Ein Mitglied der Gemeinde hatte sie hiergelassen. Der Polizeichef erwachte augenblicklich und nahm den Weg der Laute. Es war möglich, dass doch ein Mensch hier aufwartete. Dann wären sie alle hier im Schlaf gefährdet.

Er schritt voran, hielt inne. Sodann griff er nach seiner Dienstwaffe. Er kam um die Ecke zu den Toiletten, öffnete die Haupttüre und sprang mit einer Rolle vorwärts in den Raum. Er erhob sich, doch es war niemand zu sehen. Er klapperte alle Toilettenkabinen ab. Die Letzte war verschlossen. »Da ist jemand, verflucht. Kommen Sie raus«, flüsterte er.

Da hatte sich einer drinnen eingeschlossen und war jetzt still. Möglich, dass er eingeschüchtert war. Der Polizist klopfte. Nichts. Erneut hämmerte er auf die Türe. Wieder kein Laut. Er beschloss einzubrechen. Stieß mit all seiner Kraft gegen die Holztür. Brach sie durch und war verblüfft.

»So ein Mist. Nur eine kleine Katze. Ein Baby sogar. Wer hat dich denn hiergelassen, meine Liebe«?

Er nahm sie auf. Sie miaute erneut. Dann brachte er das Tierchen zu den Schlafstätten. Jonathan Ammer hatte einen leichten Schlaf in den letzten Nächten. Und so war er schon wach, da der Polizeichef mit dem Tier herbeikam.

Dieser meinte, diese Kirche sei brutal. Selbst eine Katze müsse sich hier fürchten. »Sie war eingeschlossen«.

»Chef. Ist das wahr«? fragte einer der Polizisten.

»Verflucht. Ich glaube ihm«, sagte Jonathan und war wutentbrannt.

Er erhob sich und nahm das Kätzchen in die Armbeuge. Wie ein kleines Kind. Sein Neffe war ein Jahr alt und er liebte es, ihn im Arm zu halten. Dieses Tierchen erinnerte ihn daran. Er schmunzelte. War entzückt. Ließ es dann aber auf den Boden runter. Die Katze drehte eine Runde, sodann war sie verschwunden.

Jonathan überlegte sich nochmals das Angebot des Polizeichefs für eine Stelle in Reutlingen. Er sah sich um. »Diese Ruhe. Wie herrlich es doch hier ist. Anders denn in Berlin. Dort nehmen sie dich hoch, wenn du nicht spurtest. Wissen Sie, es reizt mich schon, hierzubleiben. Für eine Weile«?

»Unsere Tore stehen Ihnen offen. Bleiben Sie ein Jahr. Verdammt. Oder für immer. Wir haben Sie gerne. Sie sind uns ans Herz gewachsen. Das werden alle hier bestätigen«.

Da der Agent in die Runde sah, waren viele erwacht und nickten dem Polizeichef zu. »Ja, ich werde hier gebraucht. Verdammt«.

»Dann sind wir uns einig«?

Herr Ammer grinste und fragte in die Runde, ob denn keiner etwas dagegen habe. Sein Lebenslauf war phänomenal. Nur die letzten Tage waren arg übel. Würde er so in Berlin einmarschieren, man würde ihn im hohen Bogen rauswerfen. Die Lage würde dort gespannt sein. Hier hingegen war es schnuckelig. Alle verstanden sich. Ein treuer Haufen.

Der Agent gab jedem die Hand. Es war besiegelt. Er blieb. Würde die Stelle annehmen. Und dies war sein erster Fall, den er gleich lösen würde. Egal wie es ihm ergeht.

Er kotzte in eine Ecke. Das war nötig. Er ließ sich einmal aus. Die letzten Tage hatten das eingebracht. Doch schon lief es wieder besser. Ihm war wohler. Aber hiermit hatte er ebenso sein Medikament ausgespuckt. »Scheiße. Ich nehme gleich eine weitere solche Tablette«. Er kramte in seiner Gesäßtasche. Da war nur ein Streifen von dem Antipsychotikum.

Er schmiss es sich ein und schluckte es runter.

»Benötigen Sie die überhaupt«? fragte der Chef.

»Von Ihrer Luft hier werde ich nicht so schnell gesund, Herr Polizeichef«.

»Vergeben Sie mir. Bin ja kein Mediziner. Okay. Nehmen Sie sich ein halbes Jahr Zeit. Steigen Sie langsam ein bei uns. Wenn unsereiner in ein paar Stunden Ihren ersten Fall durchhaben, handeln wir sachter. Aber jetzt werden Sie durchgreifen. Sie kennen diese drei Mönche, von denen Sie uns erzählt haben. Ist es möglich, sie ohne Verkleidung zu erkennen«?

»Eher nicht. Ich reiße ihnen die Kapuzen vom Kopf und die Masken aus dem Gesicht. Dann sehen wir, wer dahintersteht«.

»So liebe ich Sie, Herr Ammer«, meinte der Chef.

»Ich mich ebenso«, kam es von Jonathan.

KAPITEL 38

Man hörte Schritte im Eingangssaal. »Verdammt und zugenäht. Da ist doch jemand«, rief Jonathan und rannte zum Entree hinüber. Da er dort ankam, blieb er abrupt stehen und sah sich um. Er wähnte etwas in der Luft. Niemand da? Hatte der Besucher hier einen Schlüssel? Wie sonst käme er hier herein?

Es war kein Eindringling. Nein, dieser Mensch hier ist in der Gemeinde bekannt. Und Jonathan suchte die Ecken ab.

Doch da war ein Flur. Das Licht der Energiesparlampen kam da nicht hin. Der Agent tastete sich voran. Und da ertastete er mit den Fingern einen Menschen.

Er griff zu. »Wer sind Sie? Und was treiben Sie da«?

Herr Ammer zerrte eine kleine Person hervor. Im Schein der Lampen sah er ein Mädchen. »Bitte nicht. Ich bin eine Tochter des Chefs. Frank Bäumer ist sein Name und ich bin Laura«.

»Wie alt bist du«?

»Dreizehn«.

»Was suchst du in der Nacht hier«?

Sie sei vorbeigelaufen und habe Licht gesehen. Sie wäre dann hinein, mit ihrem Schlüssel. Und habe sodann ihre Katze eingesperrt, um sie zu schützen.

Mit einem Messer habe sie das Schloss von außen geschlossen, so dass das Tier sicher sei. Sie habe Sorgen um das Tierchen. Ja, Jonathan war hier auf Spurensuche gegangen. Und dem Mädchen kam es vor, er wäre ein Einbrecher.

»Wir sind von der Polizei«, sprach Herr Ammer. »Das ist eine delikate Angelegenheit. Und Ihr Vater, da er ja Chef hier ist, hat Verantwortung. Und was hier läuft, ist sonderbar«. Er fragte sie, ob sie denn nichts vernommen habe. Hier werden junge Frauen umgebracht. Geopfert, dem Herrn in der Höhe.

Jonathan zerrte das Mädchen zu den anderen hinüber. »Hier haben wir eine Tochter des Chefs. Sein Name ist Frank Bäumer. Und ich habe eine Vorahnung. Er wird wissen, was hier geschieht. Wer wenn nicht der Anführer ist sich hier im Klaren«?

Laura sah demütig drein. Sie wähnte sich doch schuldig. Was ist ihr bewusst? Hatte die gesamte Gemeinde Ahnung? Die Lieder, die sie sangen, sprachen davon. Und Jonathan hatte sich das gemerkt.

Er ließ von ihr ab, doch jetzt war sie es, die wütete. Was er sich herausnehme? Sie sei keine Vierzehn. Und somit nicht strafmündig. Belangen könne er sie nicht, selbst wenn sie etwas wisse. Jonathan aber sprach, er würde das Jugendamt einschalten. Und das würde jenem Frank Bäumer nicht schmecken. Die Menschen hier liebten ihre Kinder. Erzogen Sie vortrefflich.

Ab und an ärgerten sie sich über sie. Das hielt sich in Grenzen, denn die Kleinen sind unschuldig. Und die Erwachsenen sahen sich selbst genauso. Hier starben Achtzehnjährige. Auf dem Altar dieser Kirche. Alle hier waren sie selbstgerecht. Und das wurmte den Agenten. »Kollegen, wir werden den Fall aufklären, das steht fest«.

Alle klatschten sie. Ja, er war jetzt einer von Ihnen. Und er legte sofort einen höheren Gang ein mit der Auflösung dieses Falles. Zum Ausruhen ist später Zeit.

Sie blieben wach, das Mädchen war gegangen. Die Katze hatte sie nicht mitgenommen. Hatte sie vergessen. »Die junge Göre hat ihr Schmusekätzchen hiergelassen«, meinte einer der Beamten. Alle grinsten, doch Jonathan hatte erneut eine Ahnung. Er sah sich die Katze nochmals genauer an. Kramte in ihrem Fell. Und siehe da ...

»Verflucht, ein Mikrophon. Die Gemeinde hört uns ab«. Dann flüsterte er den anderen zu: »Sie versuchen zu wissen, wie wir vorgehen, deshalb das hier. Lasst uns leiser reden«.

Der Polizeichef nahm das Minigerät, schritt zu den Toiletten und legte es auf ein Spülbecken. Dann öffnete er das Wasser am Hahn. Da er zurückkam, herrschte eine rege Unterhaltung. Und alle waren beteiligt. Selbst Herr Ammer. Der Chef würde gleich eingreifen, wenn der Pegel so hoch blieb.

KAPITEL 39

Die Sonne kam am Himmel auf. Alle im Gebäude erwachten langsam. Und jetzt werden die Mitglieder der Kirche eintreten. Wenn sie drin sind, würde keiner mehr rauskommen. Denn die gesamte Gruppe war verdächtig.

Doch zuvor kramte der Polizeichef eine Waffe aus seinem Fahrzeug. Da Jonathan keine mehr bei sich hatte, bekam er diese. Er war einer von ihnen, im Dienst des Landes.

Herr Ammer postierte sich am Eingang, wie ein Soldat im Häuserkampf. Er ist Hauptfeldwebel, und das ist eine leichte Übung. Doch hier hatte der Feind keine Waffen.

»Jonathan«, flüsterte der Chef. »Jemand schließt die Türe auf«. »Ist schon klar. Null

Problem. Wir greifen erst ein, wenn das Opfer zu sehen ist«.

›Aber was ist, da es heute kein solches gibt«?

In diesem Moment schmiss ein Mann eine an den Händen gebundene junge Frau in das Haus des Herrn. Sie landete vor Jonathans Füßen. Er zog sich in einen Schatten zurück. »Das ist es«, sagte er zu sich selbst. Es würde sich heute Morgen auflösen. Die Beamten starrten auf das Opfer und dann wieder auf den Chef. Er würde das »Los« geben.

Immer mehr Männer, Frauen und Kinder traten ein und nahmen auf den Bänken Platz. Ein Lied wurde eingestimmt. Würde es erneut ein solches sein, wie es Herr Ammer schon vor Tagen gehört hatte?

»Meine Lieben wir sind da und kümmern uns um diese da. Sie möge Gott geopfert sein, dann sind wir nicht ohne den Herrn, allein. Diese Gemeinde ist für den Allmächtigen da, wie er uns hilft zumal. Sie wird die Peitsche vernehmen, die Vorsteher werden die Sache führen«.

Dann stoppte das Lied und die drei Mönche traten ein, mit Maske und Kutte. Jonathan würde ihnen diese vom Leib reißen. Er sah zur ersten Bank. Wo waren die Anführer? Die Gemeinde sang doch, dass die Vorsteher das alles hier führten.

Zwei Helfer brachten das Opfer, eine Achtzehnjährige, zum Altar und legten sie oben drauf. Dann entblößten sie sie. Das Mädchen schrie aus Leibeskräften: »Nein, bitte nicht. Ist denn hier keiner für mich?«

Jonathan sprang hervor, rannte zum Altar und schubste die Helfer zu Boden. »Woher habt Ihr dieses Opfer«? brüllte er. »Der sündige Thomas Held sitzt im Knast. Wer gab euch diese junge Dame«?

Einer der Mönche schrie zurück. »Aus dem buddhistischen Zentrum, mein Freund. Und es ist ein reguläres Opfer. Das hier ist legal«.

»Nein, es ist Mord. Von welchem Menschen habt Ihr sie übernommen? Verfluchte scheiße. Wer mischt mit«?

Schweigen im Saal. Jonathan erkannte, die drei da vorne wissen es. Er riss dem großen Dicken die Maske vom Gesicht. »Mein Gott. Ich habe recht. Es ist Frank Bäumer. Einer der Vorsteher. Er ist der größte Kopf hier. Kollegen, nehmt ihn in Gewahrsam«.

Zwei Beamten ließen die Handschellen klacksen. Der Schuldige wehrte sich, würde er jetzt auspacken? Solange er schwieg, riss Herr Ammer ebenso den beiden anderen die Masken vom Kopf. »Na wen haben wir denn da? Paul Zwist und der dritte Vorsteher, dessen Name ich nicht kenne. Okay. Wir nehmen alle mit. Und diese verfluchte Gemeinde hat sich der Beihilfe schuldig gemacht«.

Einer der Mitglieder erhob sich und schrie: »Wir opfern nur dem Herrn. Was ist da sündig dran? Es ist zur Ehre Gottes. Wir loben und schätzen ihn. Und er hilft unsereiner, wenn es uns übel ergeht«.

Der Polizeichef hielt seine Leute zurück, sprach aber: »Ihr drei. Packt Ihr jetzt aus? Thomas Held ist überführt und Ihr und die ganze Gemeinde ebenso. Wer ist der neue im buddhistischen Zentrum. Oder ist er gar ein alter Bekannter«?

Einer schrie: »Ja, es ist ein solcher«. Ein anderer intervenierte: »Kein Wort mehr über unsere Lippen. Man wirft allen hier ein Verbrechen vor. Dabei opfern wir nur eine junge Frau. Besser so denn an die Kleinen hier ran zu schreiten«.

»Das wäre schändlich, unsere Kinder zu opfern. Doch die Damen, die gebracht werden, sind selbst schuld. Sie haben Sex und sind nicht verheiratet«, schrie derselbe Mann.

Jonathan war in jungen Jahren nicht ohne. Hatte die erste sexuelle Erfahrung mit achtzehn. Und dann war der eine oder andere One-Night-Stand dabei. Er genoss alles überaus.

Eines Tages hatte er Schuldgefühle und versuchte, sich hinzugeben. Und so landete er beim Militär. Opferte sich dem Staat. Und ihm gefiel es dermaßen, dass er weitere Jahre dranhängte. Solange bis er erkrankte. Und so ist er hier in Böblingen. Sein erster Auftrag und sie hatten fast alles aufgelöst. Aber wer war nur der Bekannte, der das heutige Opfer herbrachte?

KAPITEL 40

Die Gemeinde setzte zu einem weiteren Lied an. Was unangebracht ist. Aber so war es immer hier. Eine Frau sang voran und alle stimmten mit ein.

»Dies Opfer gibt uns Gold und Wein, so werden die Herzen rein.

Der Große möge diese Dame nehmen und wir werden uns dafür nicht schämen. Gott läuft in unseren Schuhen. Wir werden damit niemals ruhen«.

Jonathan Ammer nahm Brutus alias Frank Bäumer in den Schwitzkasten. Dieser bekam kaum Luft und schlug mit den Armen um sich. Der Agent aber blieb robust. Dann legte er ihn auf den Boden und drückte ihm seinen Fuß in den Nacken.

Der Polizeichef meinte, Jonathan möge das sein lassen. Ein Toter bedeute eine Menge Papierkram. Dann müsse man Rede und Antwort stehen. Deshalb solle er nicht so brutal vorgehen. Herr Ammer legte sich mit einer Seite auf Brutus. »So besser, Chef«?

»Das ist okay. So habe ich nichts mehr dagegen. Immer den Zweck prüfen, Jonathan. Das ist nicht zu arg verlangt, oder«?

»Nein, ist es nicht. Doch in Afghanistan lief es anders. Wir schossen schneller denn hier. Dort herrschte die Gewalt«.

»Da nehmen Sie sich aber etwas raus, mein Freund. Bei solchen Leuten stutze ich. Wir werden . .«

Herr Ammer kam ihm entgegen und sprach: »Das ist die Kündigung, ja? Okay, wenn Sie es so verlangen. Der Fall ist ja fast geklärt«.

Jetzt war nur offen, wer der Geistliche ist, der heute das Mädchen brachte. Jonathan hatte etwas im Sinn. Würde sein Gedanke Realität werden? Er nahm dem Polizeichef den Schlüssel des Streifenwagens und begab sich auf die Socken. Bald würde er bei den Buddhisten sein. Er hatte keine Falle auf dem Plan, aber wie er vorgehen würde, darüber grübelte er schon nach.

Er flitzte demnach zum BMW des Chefs, dessen Waffe hatte er sich in seinen Holster gesteckt. Zwei Beamte rannten ihm hinterher, da er den Motor anließ. Er sah sie kommen, öffnete aber das Fenster oder die Tür nicht. Nein, er würde jetzt schnellstens handeln. Ohne Verstärkung. Diese dauerte ihm zu lange.

Er cruiste durch den Schnee. Eine Schneeraupe der Stadt trottete hinter ihm her und beseitigte das weiße Pulver von der Fahrbahn. »Okay. Spitze, dass der Chef enorme Winterreifen draufhat«. So lief es problemlos durch die Natur des Morgens.

Er wurde gleich reingelassen, nachdem er geklopft hatte. Seine rechte Hand lag auf der Waffe, mit der Linken begrüßte er den Mönch und trat ein.

Er wurde in ein Zimmer geführt. Zur Meditation aber war er nicht bereit. Und der Job bei der Polizei ist weg. Würde es übler werden denn das alles? Der Innenminister wäre nicht zufrieden. Dazu hatte er die Bilder vor Augen und die Gesänge in den Ohren.

»Diese verfluchten Fratzen. Teufel aus dem Untergrund. Das alles ist mir widerfahren. Klasse, dass es Tabletten dagegen gibt. Sonst wären bei mir schon die Gäule durchgegangen ... ich habe eine Ahnung, wer der zweite Mann hinter Thomas Held ist, der hier die jungen Dinger einpackt und sie vor die Gemeinde in Böblingen wirft. Grausam ist das schon. Und das alles, weil die Damen Sex haben? Ich meine Thomas brauchte eine Menge Sex. Ihn hat man deshalb nicht geopfert. Oder war es anders, da er ein Mann ist«?

KAPITEL 41

Jonathan wurde in den Gedanken gestört. Ein Mann mit Gewand verbeugte sich. Es war der Chef der Buddhisten. Sodann gab er dem Agenten die Hand und fragte nach seinem Zustand. »Schon okay«. Da Corona abgeschwächt war, gaben sie sich die Pranken. »Was verschafft mir die Ehre, Herr Ammer? Sie sind nicht zum Meditieren hier«.

Jonathan druckste herum und meinte, er wäre froh, wenn er weiterhin Agent sein dürfe. Das läge aber nicht in seiner Hand. Da waren höhere Stellen zuständig.

»Dann fangen Sie einen Job hier bei uns an? Oder wie werde ich Ihnen helfen«?

Herr Ammer starrte den Vorsteher von oben bis unten an. Sah, dass er schwarze Stiefel anhatte. Seit wann hatte ein Mönch solche Wanderschuhe an? Das Ganze war jetzt doch sonderbar. Der Agent grübelte, sprach aber den Buddhisten nicht darauf an.

Dieser bat ihn an einen Tisch, wo Früchte in einer Schale lagen. »Nehmen Sie sich eine Banane. Sie ähnelt dem männlichen Geschlecht doch ungemein, meinen Sie nicht«?

Seit wann ist ein Geistlicher so sexversessen? Herr Ammer hatte das sofort bemerkt und er war gesundheitlich in der Lage weiter zu schreiten. Und so packte er den Mönch am Arm und drückte ihm diesen in den Rücken. Der Buddhist ist außer Gefecht. Aber war das hier überhaupt standesgemäß? Doch, rumorte es in Jonathan. Gefahr in Verzug.

Dass der Chef so offen über Genitalien sprach, zeigte ihn verdächtig. Schon kamen zwei weitere Mönche herein. Sie sahen, was geschah und befreiten ihren Vorsteher aus dem Griff des Agenten. Dieser setzte sich nicht mehr durch. Gegen drei war er machtlos.

Der Befreite atmete tief ein und aus. »Gott sei Dank. Was ist in Sie gefahren, Jonathan? Sie sind doch nicht so«.

»Sie aber schon, Herr Vorsteher. Ich habe Grund zu der Annahme, dass Sie junge Frauen entführen und diese an der Kirche in Böblingen ablegen. Nein, Sie werfen sie regelrecht vor die Türe«.

Der Buddhist sah sich unschuldig verdächtigt. »Das war doch das Werk von Thomas Held. Ich habe da keine Beteiligung«.

Jonathan sagte, eine junge Frau sei heute vor die Gemeinde geworfen worden. Und da der Genannte in Gewahrsam säße ...

Prompt erschrak er. Wenn das sein einziger Beweis ist, wie würde er hier weiterkommen? Ein jeder hier ist da verdächtig.

Er grübelte. Wie war er imstande, diese hier anzuklagen? Sie waren doch Freunde für ihn. »Nein. Entschuldigt mich. Ich liege falsch. Wenn man bedenkt, dass wir gemeinsame Sache veranstaltet haben«.

Weitere Mönche traten ein. Es war Zeit für Meditation. »Bereiten Sie uns das Vergnügen und setzen Sie sich«, sagte einer und nahm daraufhin im Schneidersitz auf den Boden Platz. Alle anderen folgten ihm. Der Vorsteher setzte sich, und am Ende war es Jonathan. Da hatte er den Spruch im Kopf: Die Letzten werden die Ersten sein. Das gefiel ihm. Man hielt sich praktisch zurück und war dann quasi doch der Sieger.

KAPITEL 42

Doch hier war er jetzt kein Sieger. Schnell waren sie in Trance, eben gab es Tumult. Und mittlerweile waren alle wieder Freunde. Die Atmosphäre war phänomenal und still. Man hätte gefurzt und dies am Eingang gehört. Und dieser lag zwei Gänge weit. Jonathan selbst hatte es gelockert, und zwar dann, da er Zweifel an der Schuld des Vorstehers hatte.

Der Chef erhob sich und sprach ein paar Worte. »Meine Lieben. Wir haben heute einen Gast. Nein, sogar zwei. Hier Herr Ammer. Und da eine junge Pilgerin, die Zuflucht sucht bei uns. Sie macht Abitur und das wächst ihr über den Kopf. Begrüßen wir die beiden. Sie werden Ruhe finden in diesen Räumen. Unser Agent möge etwas leichter sein. Leichtigkeit mein Lieber ist eine wichtige Sache«.

Jonathan schmunzelte, war kraftvoll, die Tabletten halfen demnach. Nach all den Tagen und Nächten. Wie grauenvoll das ist, was er da erlebt hatte. Er würde Böblingen und Reutlingen hinter sich lassen. Zurück in die Hauptstadt. Da lebte er allein. Und wer würde ihm da was vorwerfen? Ja, okay. Das Innenministerium war eine große Sache. Er würde sich verstellen, damit man ihm dort nichts anmerkte.

Doch diese Kleinstädte hier und heute schafften ihn. Da gab es mehr Sonderbares, denn Herr Held in Stuttgart erlebte. Zuerst diese drei Mönche mit ihrer Peitsche. Dann der eben erwähnte Parapsychologe, der Achtzehnjährige verschleppte. Und jetzt gab es eine weitere Person, die das nachstellt, was Thomas vollbracht hatte.

Die junge Dame sah lüstern zum Vorsteher hinüber und verließ den Raum. Der Chef des Ladens folgte, was Jonathan auffiel. Er war schon ein phänomenaler Schnüffler. Die beiden verschwanden in den Gängen. Der Agent hörte etwas. »Was zum Teufel ist das«? Ja, es war ein Stöhnen. Er vernahm es deutlich. Trat in einen Raum rechts des Flurs und traute seinen Augen nicht. Wen sah er da? Den Chef mit der Pilgerin. Doch was zum Teufel geschah da? Er hatte eben die Lust des Mädchens an ihren Lippen abgelesen. Aber ein Buddhist lebte enthaltsam, oder?

»Verfluchte Scheiße«, flüsterte er und versteckte sich hinter der Wand. Das Stöhnen verstummte, und zwei Schatten flüchteten durch den Raum, den Gang entlang, bis zur Hintertüre hinaus.

Jonathan stand jetzt vor dieser und klopfte dummerweise. Dann ein Schrei. »Helfen Sie mir«. Er riss die Türe auf und sah wie der Vorsteher dieses Zentrums versuchte, die junge

Dame im Griff zu haben. Eine Tür seines Fahrzeuges war offen. Da würde er sie gleich hineinlegen. Schon war ein Panzertape über dem Mund. Da schritt Jonathan Ammer ein. Er überwältigte den Buddhisten schnell. Im Kampf war der Agent ungemein groß, trotz Beschwerden. Und ein Mönch in Deutschland ist doch nicht kampferprobt?

Er schmiss ihn zu Boden und drückte sein Knie auf des Chefs Nacken. Dieser wurde ohnmächtig. Jonathan bemerkte das und riss der Dame das Tape von den Lippen. »Ist alles okay«? »Das sehen Sie doch. Er versuchte mich mitzunehmen und zu vergewaltigen«. »Wenn Sie wüssten«, sprach Herr Ammer. »Sie wären nicht lebend davongekommen. Das sage ich Ihnen. Es liegen einige Leichen auf dem Friedhof, denen das gleiche Schicksal blühte«.

»Du Schuft«. Sie schlug auf den Buddhisten ein, der jetzt zu sich kam. »Mein Leben hing am seidenen Faden«?

»Nein, ich bin nur der Vermittler. *Sie* hätten dich getötet. Die Mönche aus der Kirche in Böblingen«.

»Na da haben wir es ja. Letztendlich ist der Fall geklärt. Thomas und Sie haben gemeinsam gehandelt«.

»Ja so ist es. Sie hätten dich ausgepeitscht und du wärst daran verendet. Doch zuvor würde ich hier im Wagen meinen Spaß mit dir haben. Weißt du, einige sind freiwillig mit uns ins Bett gegangen. Sie haben es nicht anders verdient«.

Das Mädchen antwortete: »Und du hast doch ebenso Sex frei heraus. Du bist genauso durchtrieben wie die jungen Frauen«. »Du hast sie ausgenutzt und dem Tod freigegeben«, sagte Jonathan. Weiter sprach er: »Du hast keinen Mord ausgeübt. Thomas Held und die drei Geistlichen aber. Dafür werden sie für Jahrzehnte in den Knast gesteckt. Und du hast die Damen ihrer Freiheit geraubt und hast Gewalt angewandt. Das gibt ein paar Jährchen. Du kriegst dein Fett schon weg. Ich würde dich der

Beihilfe zum Mord anklagen. Was der Staatsanwalt mit dir vor hat, ist mir nicht klar. Und jetzt packe die Sachen und komme mit auf die Wache«.

KAPITEL 43

Sie erreichten das Revier. Jonathan zog den Buddhisten aus dem Wagen. Dieser hatte Handschellen um die Hände, die der Agent aus dem Auto des Polizeichefs, mit welchem er hier ankam, hatte. Ein Oberkommissar begrüßte ihn: »Hallo. Wir kennen uns doch«. Herr Ammer hatte keinen blassen Schimmer, sagte aber: »Klar. Ich grüße Sie«.

Dann sprach er weiter: »Der hier hat mit Thomas Held gemeinsame Sache veranstaltet.

Wo wir schon dabei sind ... haben Sie die drei Vorsteher der Kirche festgenommen«?

»Entschuldigen Sie, Herr Ammer«.

»Versuchen Sie hier etwa mir was mitzuteilen?

»Das meine ich ja offiziell nicht. Der Chef bekam ordentlich Druck vom Bischof, der die Geistlichen schützt«. Aber es gab Beweise: die Leichen mit Striemen auf den Körpern. Und Jonathan würde aussagen.

Der Bundeskanzler war sein Chef und er würde diesen gerne beschützen. Bekäme er die Gelegenheit den obersten des Staates zu hüten? Aber nein, er schweifte ab. Jetzt gab es hier anderes zu erledigen. »Wenn es das Letzte ist, was ich vollbringe. Diese drei Schurken kommen in den Knast. Holen Sie sofort den Chef«.

Der Polizist trat einen Schritt zurück, wendete und verschwand in den Büros. Er kam mit dem Polizeichef im Schlepptau. Dieser schnaubte vor Wut. »Nach allem, was geschah, trauen Sie sich hierher? Gibt es in Berlin keine anderen Fälle mehr«?

Der Chef ist unzufrieden und zeigte das. Jonathan sah sich schuldig und war im Begriff das

Revier zu verlassen. Eine Stimme rief ihn: »Warten Sie. Lassen Sie uns so nicht auseinandergehen. Man sieht sich immer zwei Mal im Leben«.

Der Agent grinste, kam herbei und reichte dem Chef die Hand.

»Das ist durchaus wahr«.

IN DER KOLLEKTION 2023

Als ich in den Wald verschwand
Spiel der Geister
Das Opfer